「綺麗に舐めろよ」
窓硝子に顔を押しつけられ、祥悟はくぐもった声を上げた。
illustration by OTOKO

黒《こく》帝《てい》愛《あい》人《じん》

あさひ木葉
KONOHA ASAHI

イラスト
音子
OTOKO

Lovers GREED

CONTENTS

✦本作品の内容は全てフィクションです。
実在の人物、団体、事件などにはいっさい関係ありません。

まるで、競りにかけられる家畜のようだ。

男たちの手で衣服を奪われながら、桂木祥悟《かつらぎしょうご》は漠然と考えていた。

幼い日を過ごした東南アジアで、よく見かけた光景を思いだす。

人間たちに検分され、値段をつけられて、自分の意思なんてもちろん無視されたあげくに、売られていく家畜たち。彼らの嘶《いなな》きが鼓膜を揺すった気がした。

しかし、今の祥悟は嘆くことすら許されない。

全裸にされた祥悟は、そのまま浴室に連れこまれる。そして、今度は男たちの手で、体の隅々を洗われはじめた。

「く……っ」

思わず声を漏らしたのは、男たちが無遠慮に後孔へと指を入れたときだけ。こじあけられ、水を注ぎこまれて、祥悟は屈辱で表情を歪《ゆが》めた。

（……そんなところを）

覚悟は決めていた。とはいえ、耐えられるかといえば、また別の話になる。

自分ですら触らないような場所をこじあけられ、ゆすがれていく。

尻を押し広げるように押えこまれ、後孔の様子が他人にじっくり見られているのだ。

何度も繰りかえされているうちにそこは開いていき、注がれた水を漏らす感覚に馴染《なじ》まされていく。

祥悟にとっては辱《はずかし》め以外の何ものでもない行為だったが、男たちは無言のままで、淡々と作業をこなしていた。

祥悟を競りにかけるために。

「……う…あ……っ」

指を、中に入れられる。その指は、祥悟の体内の柔らかさを確かめるように、あやしげに蠢《うごめ》いた。

そして、肉襞《ひだ》に埋もれていたスポットを軽く押す。

「く……ぅっ」

びくんと、背中がしなってしまう。

指先が、前立腺《せん》を捕らえたのだ。

「ひ……っ」

どれだけ堪《こら》えようとしても、無反応を貫こうとしても、さすがにそこを弄《いじ》られてはひとたまりもなかった。

股間《こかん》に熱が集まりだす。

「……や……め…」

「反応は正常なようだな」

男たちの誰《だれ》かが、呟《つぶや》いた。

まるで、肉の熟成具合を判別している仲買人のように。

その眼差しの冷たさが、ますます祥悟の羞恥《しゅうち》を煽《あお》る。まるで、自分だけが盛っているようだ。あまりにも屈辱的だった。

祥悟は、彼らに反抗することを許されていなかった。

心にも、体にも自由がない。

これが、売られていくということなのだ。

祥悟は、いわゆるプライドが高い人間ではない。でも、意地はある。本来ならば、こんな扱いに甘んじる性格ではない。

しかし、今回は事情がある。

人を守るためだ。

そして、ひいては自分のためなのだ。

目を閉じると甦《よみがえ》る、炎の記憶。それを胸に、祥悟は生きていた。もう二度と、あんな目に遭いたくない。誰にも味わわせない。そのためならば、自分にできることを精一杯果たしたかった。

（どうせ、あと少しの間の辛抱なんだ。耐えろ……）

心の中で、何度も繰りかえす。

この淫《みだ》らな茶番劇には、あと半日くらいつきあえば解放される。

自分が辱めに遭うことくらい、いったいなんだというのだろう。

（手はずどおりにいくことを、俺《おれ》は願うだけだ）

祥悟は、薄い口元を引き締めた。

自分が一度決めたことだ。やり通す。

とはいえ、指で広げられた孔《あな》に、今度はなにか粘り気のあるものを塗りこまれはじめて、さすがに祥悟は怖気《おぞけ》をふるった。

男たちは、祥悟の襞の一本一本にまで、潤いを持たそうとでもしているかのようだった。

そこが、祥悟の体の中では一番重要な場所だという扱いをされている。孔だけが。自分がどういう存在なのか、あらためて思い知る。

「……ひ、う……っ」

がくっと、膝《ひざ》が崩れそうになる。

しかし、座りこむことすら許されなかった。両脇《わき》から祥悟を支えている男たちは、この淫らな作業を効率的に進めるために、祥悟に立ち姿勢を強要する。

「濡《ぬ》れてきていやがる。……そろそろいいだろう。アレをつけてやれ」

この場の責任者らしい男の指示で、祥悟の首に枷《かせ》がつけられる。太く、重い首輪だった。金属のひやっとした感触が、首筋を締めつける。

そして、手を後ろ手にとられ、そこも縛《いまし》められてしまう。

自由を奪う重みは、ますます祥悟を惨《みじ》めにさせた。

しかも、枷はそこだけにはめられたわけじゃない。

首輪の前部分には、長い鎖がつけられている。その鎖は祥悟の股間をくぐらされ、後ろ手に縛りあげられた祥悟の手首の枷とつなげられたのだ。

鎖は、この格好で生け贄《いにえ》を拘束するための特注品らしい。少しでも手を動かそうとすると、股間に鎖が擦りついてしまう長さなのだ。

「う……っ」

鎖が、性器とこすれる。前立腺を刺激されることで、そこはすでに勃起《ぼっき》していた。先端からは、たらりと透明の雫《しずく》が溢《あふ》れた。

屈辱の鎖を、淫らな体液が伝い落ちる。

同性の手で勃起させられたのは初めてだ。

悔しかった。

本当なら、全員まとめて殴り倒しているところだ。

でも、今はそれができない。

甘んじているのには理由がある。こんな真似《まね》をしているのだ。必ず、役目を果たさなくてはならない。

さもないと、屈辱に甘んじる意味がなくなる。

「よく似合っているじゃないか」

リーダー格の男が、にやりと笑う。

彼は初めて、感情らしいものを見せた。

「これで、立派な『管理者』のできあがりだ」

あまりにも皮肉なネーミングセンスだった。管理者？　どこが。むしろ、管理される者を作り出そうとしているくせに。

「いいご主人様に買われることを、祈ってやるよ。おまえみたいな、いかにも男というタイプの『管理者』は、生まれついてのサディストに買われることが多いんだが」

男は、目を細めた。

そうすると、彼の持つ残忍で冷酷な性《さが》があからさまになる。

祥悟を冷静に商品に仕立て上げながら、彼は舌なめずりをしていたのだろう。他人の心身の自由を奪うことが、楽しくて楽しくて仕方がないという顔をしていた。

彼は、そっと祥悟へと耳打ちする。

「せいぜい、ヤリ殺されないようにな」

祥悟の未来を仄《ほの》めかし、男は満足そうに笑っている。
祥悟の恐怖を煽《あお》って、楽しんでいるのだ。
(今に見ていろ)
動揺を抑えるように、祥悟は奥歯を嚙《か》みしめる。
抵抗できないと思って、驕《おご》っているがいい。
破滅の時間が刻一刻と近づいていることにも、気がつかず。

1

「さあ、お次の商品です。エントリーナンバー7、お目が高い紳士淑女の皆様にも、必ずご満足できる逸品です」

高らかな声とともに、祥悟が乗せられていた奈落《ならく》がせり上がっていく。

眩《まぶ》しい光が、網膜に射した。

祥悟の褐色《かっしょく》の肌は、黄色みを帯びた光に照らしだされたのだ。美術品を美しく照らすためのライトの色なのだと、おぼろげな知識で祥悟は考える。

「……ほう、これは……」

「このタイプの男で、裸にしても見苦しくないというのはいいね」

「筋肉のつきが不均衡だ」

「実用的につけられた筋肉なんだろう。荒削りだが、悪くない」

ステージに上げられた祥悟にも、客席のざわめきが聞こえてくる。

そこは、小さな劇場のような場所だった。

ステージを中心に、階段状に席が並んでいる。男も女もいるかもしれないが、祥悟からははっきりわからない。幕が上から垂らされた、ボックス席になっているのだ。

それでも、客たちの視線が祥悟に向けられていることはわかる。

祥悟は全裸姿のまま、枷によって拘束されていた。

しかも、普通の拘束の仕方ではない。全裸にされ、首輪からつながった鎖が股間をくぐらされ、後ろ手に拘束された手首の枷へとつながっていた。

体の自由を奪うだけではなく、羞恥を与えることを目的とした拘束だった。

「こちらの絵画は、十九世紀のものです。皆様もご存じ、印象派の巨匠——」

美術などには疎《うと》い祥悟でも名前を知っている有名な画家の名を、オークショニアは高らかに叫ぶ。

しかも、その絵は盗品だった。さる巨匠の、初期作品。財産としてもそうだが、美術品として貴重なものだった。

「……そして、絵の『管理者』はコレです」

オークショニアはしなやかな鞭《むち》を使い、祥悟の顎《あご》を持ちあげた。

「このとおり荒削りですが、それが魅力かと思います。調教をしないまま納品いたしますので、粋《いき》な遊びを知り尽くした、上級者の方向けと思われます。気性も激しい悍馬《かんば》ですが、お好きな方にはたまらない逸品です」

美術品の付属品のような扱いをして、さらに祥悟の自尊心を踏みつける。これが、このオークションのやり方なのだ。

盗品を中心とした、美術品の地下オークション。さらに、歪んだ欲望を満たすための性奴を、『管理者』という名目で絵のオプションにつけることもある。

金をもてあまし、倦《う》んだ金持ちたちが秘密裏に集い、罪を掌《てのひら》で弄《もてあそ》んでいる場所だった。

この地下オークション会場は、新宿のどこかにあるらしい。

新宿には詳しいが、連れ込まれるときに目隠しをされていたこともあり、祥悟自身にも正確な場所はよくわかっていない。

そういうことを把握するのは、祥悟以外の人間の仕事だった。

――手はずは簡単だ。君は売られていけばいい。

冷ややかな声が、脳裏に甦る。

冷酷な美貌《びぼう》の持ち主は、こともなげに言ったものだ。

近所へ使いに行けとでも行っているかのようなノリで。

――君の奥歯に、発信機を埋めこむ。多額の予算が割かれているプロジェクトだ。失敗は許されない。

祥悟の命などどうでもよく、かかった費用に見合う戦果を上げることにだけ、あの男は執着しているようだった。

女のように美しい顔立ちをしているのに、眼差しは怜悧《れいり》、口唇からこぼれる言葉は冷酷そのものだった。

（あれだけのことを言ったんだ。なにがなんでも、予定どおりに事を進めようとするだろう）

祥悟は、何度も自分に言い聞かせる。

必ず、自分は助けだされる。自分自身に価値があるからではなく、自分にかけられた費用分を回収するために。

そうして、この恥辱をやり過ごそうとする。

裸をさらすぐらいが、なんだ。実害はない。そう考えて立ち直ろうとしていた祥悟に、オークショニアは追い打ちをかけてくる。

「若く、今まで躾《しつけ》もされずに生きてきただけあって、実に元気がいい管理者です。まだ男を知らないですが……このとおり」

「く……っ！」

顎の下を支えていた鞭がいきなり退き、かわりに後孔へと入れられる。オークショニアは、よほど慣れているのだろう。本当にあっという間のことだった。

「あ……っ、あぁ……」

細い鞭だったが、異物感はある。さらに出し入れされると、背中を熱い痺《しび》れが貫いた。

洗浄される時に指で孔をいじくられたせいか、肉襞が熱を持っているのだろうか？

異物を入れられただけなのに、過剰な反応をしてしまう。

本来、不快でたまらないはずなのに。

「うう……」

思わず、祥悟はその場に膝をついてしまった。

「……っ、はぁ……」

膝をついた衝撃で、体ががくんと揺れる。たったそれだけのことで、腹の奥が疼《うず》いた。

性器が、びくっと反応する。

（どうなってるんだ……？）

自分の体の反応が、信じられない。

なぜこんなことで、性器が反応してしまうのか。半勃《だ》ち状態とはいえ、己の反応がおぞましすぎる。

するりと、後孔から鞭が抜けた。

「この通り、もう反応しています。恥ずかしい淫乱《いんらん》ですが、躾甲斐《がい》もあるのではないでしょうか」

その鞭が、今度は性器の先端に触れる。ぴたぴたと、叩《たた》くように。

どういうわけか、鞭の先端が先端の剝《む》き出しの部分に触れると、かっと火がつくように熱くなった。

「くそ……っ」

何をされても、やり過ごそうと思っていた。無感動に、感じないふりを。

しかし、もう限界だ。

自制心が利かず、祥悟の瞳には怒りが滲《にじ》んでしまう。

「……ごらんください、この顔を」

性器を弄っていた鞭が、再び祥悟の顎を持ち上げた。

「生意気な、そそる面構えです」

鞭の先が、ねっとりしている。祥悟自身が漏らした粘液のせいだ。ぞっと、肌が粟立《あわだ》った。

屈辱のあまり、頭がおかしくなりそうだ。


「それでは――」

祥悟を嬲《なぶ》っていたオークショニアは、やがて軽く手を挙げる。

それを合図にするように、ボックス席では灯りが点滅しはじめた。

「おや、早速《さっそく》五十億をつけられた方がいらっしゃいますね」

「……っ」

祥悟は、思わず息を呑《の》む。

いくら絵の値段こみとはいえ、そんな額が簡単に動くとは……。

普通のオークションなら、ここから次々価格がせり上がっていくのだろう。ところが、この淫らな楽しみを隠しているオークションは、様子が違った。

「それでは、じっくりと五十億、それ以上に値するかご検分ください」

オークショニアの言葉で、一人の男がボックス席から下りてくる。

ダークな色合いのスーツに身を包んだ、長身の男だ。

(何者だ……？)

自分にゆっくりと近づいてくる男を、祥悟は見上げた。

どこの国の人間かは、わからない。髪の色は金茶に近いような感じだが、目元が仮面に隠された顔立ちは、ヨーロッパ系とは言い難かった。

体格は大きい。しかも、筋肉がしっかりついていそうだ。スーツがしっくりとよく似合う、美しい立ち姿だった。

年は見当もつかない。でも、オーラのような何かを感じる。威厳、というか。身分の高さを窺《うかが》わせる。

彼は落ち着いた足取りでステージに上がってくると、オークショニアから鞭を受けとった。

そして、祥悟の顎をすくい上げた。

「……いい目をするじゃないか」

低い声で、彼は呟く。なめらかな日本語だった。

そして、驚くほどの美声だ。

肌が、ぞっとざわめくほどの。

「試させてもらうぞ」

「……う…っ」

いきなり髪を摑《つか》まれたかと思うと、背がのけぞるように体勢を固定される。そして、しなやかな鞭で、乳首の先端を擦《こす》られた。

どうして、そんなところを……？

髪を摑まれた不快感で眉《まゆ》を寄せていた祥悟だが、二度、三度と乳首を鞭で擦られるにつれ、びくびくと体が反応しはじめてしまった。

小さな突起が、硬くなっている。尖《とが》り、まるでしこりのようになっていた。

こりこりと、鞭で転がされると、むず痒《がゆ》いような快楽が沸き上がった。

（な、なんだ、これは……？）

口唇を引き締める。

そうしないと、みっともない声が漏れてしまいそうだったのだ。

乳首を弄られているのに。

日焼けした祥悟の肌にそぐう、ベージュ色の突起。その場所を、特に意識したことなどなかった。

それなのに、右胸をねちねちと突かれているうちに、体ががくがく震えはじめた。口唇を引き結んでも、緩《ゆる》んだ拍子に熱い溜息《ためいき》がこぼれてしまう。

「は……ぁ…」

とうとう、声まで漏れてしまった。

その途端、祥悟は前のめりに倒れ込みそうになる。しかし、髪を鷲《わし》づかみされているせいで、そうもならない。

それどころか、ぐっと顔を上に持ち上げられる。

「いい感度だ」

顔を覗《のぞ》きこんでくる、瞳の色は色素が薄そうだった。

仮面で目の周りを隠されているせいか、あまり感情が伝わってこない。薄い口元に浮かんだ微笑と相まって、ひどく残酷そうにも見えた。

『せいぜい、ヤリ殺されないようにな』

祥悟の体に枷をつけた男が、そう嘯《うそぶ》いていたことを思いだす。

(冗談じゃない)

祥悟は、きっと男を睨《にら》みつけた。

反発心を、隠すことはできない。

元々、祥悟は従順な性格ではなかった。

今までは、目的があるから従順だっただけなのだ。

しかし、この会場に潜りこめたことで、祥悟は目的を果たしていた。あとは、他人の仕事になる。

そのせいもあって、男に対してまで従順になる気はなかった。

「まだそんな顔をするのか。……本気で、屈服させたくなる」

くくっと、喉奥《のど》で男は笑う。

「本来なら、他の客が歓《よろこ》ぶようなサービスをしてやらねばいけないが――」

男が何事か呟いた、その時だ。

どこからか、激しい足音が聞こえてくる。

「警察だ!」

破鐘《われがね》のような、男の叫び声が聞こえてきた。しかも、それに続いて銃声が聞こえてきた。

「ここは包囲されている。抵抗はやめろ」

拡声器を通して聞こえてくる、冷たい声には聞き覚えがある。

（……来たのか、紀藤《きとう》……！）

祥悟の表情は、一気に明るくなった。

予定通りだ。

これで、助けられる！

「どうなっているんだ！」

「警察？」

「なぜここに……っ」

一瞬にして、会場はパニックに陥《おちい》った。我先にと、人が飛び出していこうとする。

ところが、先刻まで祥悟を嬲《なぶ》っていた男だけは違った。

「警察、か。……面白い」

彼は、うっすらと微笑《ほほえ》んだ。

「こういうハプニングは大歓迎だ」

彼は、強がっている様子もなかった。

誰もがパニックを起こす事態だというのに、あからさまに異常な反応だ。

祥悟を一瞥《いちべつ》する眼差しには、笑みすら含まれていた。

「随分、嬉《うれ》しそうな顔をするな。ここの美術品につけられる管理者は、警察に助けを求めることができない立場の者も多いんだが、おまえは違うようだ」

探るような瞳に、祥悟は言葉を失った。

なんて冷静な男なのだろう。

こんなときなのに、祥悟の様子を冷静に見ている。

他の者とは、明らかに違う。彼には、大物の風格があった。

「まあいい。行こうか」

「な……っ」

「おまえを手放すつもりはない」

小さく笑った男は、素早く祥悟を抱えあげる。そして、敏捷《びんしょう》に走りだした。

「離せ、この野郎！」

祥悟が声を荒らげると、彼はためらいなく性器を握りこんできた。

「あうっ」

「自分が、自由のきかない身の上だということを自覚しておいたほうがいい」

ほくそ笑む男は、いきなり祥悟の鎖を握る。

「あっ！」

股間に強く鎖を擦りつけられ、祥悟の全身が震えた。男はそんな祥悟にはお構いなしに、思いっきり首輪を引っ張った。

「うわ……っ!」

自分の悲鳴が、どこか遠くに聞こえる。

祥悟はそのまま、意識を失っていた。

2

それは、三ヶ月ほど前の話だ。


「桂木祥悟、二十三歳。自称探偵。君が、UNIONのリーダーか」

「自分で、そんなふうに名乗った覚えはないぜ」

綺麗《きれい》な顔立ちをしたスーツ姿の男を前に、祥悟はふてぶてしく答えた。

新宿で、探偵という名の便利屋を営んでいた祥悟は、いきなり警察に呼びつけられた。馴染《なじ》みの四谷署でも新宿署でもなく、いきなり本庁だ。つまり、桜田門。

そして、祥悟を出迎えたのは、一目でキャリア官僚とわかる、怜悧な美貌《びぼう》の男だった。

彼は名乗りもせず、いきなり詰問口調で問いかけてくる。その態度に、当然祥悟は反感を持った。

「UNIONだなんてご大層な名前、あんたたちが勝手につけたんだろう?」

皮肉げに、祥悟は男の言葉を笑ってやる。

探偵などという職業柄、祥悟は顔が広い。生い立ちの事情もあり、たまたま語学には堪能《たんのう》だということもあって、外国人の知人も多かった。

異邦の地で生きる彼らは、何かあると日本人である祥悟に頼ってくるようになっている。祥悟も、異邦の地で頼るものがいない心細さを存分に味わってきたこともあり、彼らには親身になって接していた。

そんな関係もあり、いつのまにか、祥悟は新宿や大久保に生きる外国人たちの、ちょっとした顔役になっていた。そのこと自体は否定しない。

しかし、自分を通してつながりはじめた外国人たちが、ＵＮＩＯＮなどという名称で、まるで組織のように呼ばれるようになるなんてことは、祥悟としては不本意だった。

きっかけは、飛ばし屋の書いた記事だった。本当につまらない、ゴシップ記事。新宿や大久保界隈《かいわい》の外国人たちはつながりを持っていて、その中心に日本人がいる、などという。

しかし、折りから外国人犯罪が問題になっていた時期だということもあり、その記事に食いつく者も現われた。

つながりを持った外国人が犯罪コミュニティを作っている、ＵＮＩＯＮは犯罪集団だと、いつのまにか噂《うわさ》が一人歩きしはじめるまでに時間はかからなかった。

おかげで祥悟は、すっかり警察署に馴染みになってしまった。しかし、ＵＮＩＯＮというものの実情を知っている彼らとの関係は友好的なものだった。ちょっとした人捜しを頼まれたりすることすらあったのだ。

なぜなら、祥悟の周りに集っている外国人たちは、本当にどこにも所属できない者たち。組織に守られない、弱い個人たちだったから。

「確かに、名前はどうでもいいな。君たちのような集団が存在していることが問題なのだから」

男は、静かに言う。

祥悟が吠《ほ》えようが、意に介さないという顔をしていた。

「君の国籍は、日本だな。なぜ、多国籍の犯罪者たちのリーダーをやっている」

「犯罪者? 失礼な言い方だな」

「不法入国者は、犯罪者だ」

「新宿の外国人は、全員不法入国者かよ。どういう了見だ」

うんざりという表情で、祥悟は吐き捨てた。

「覚醒《かくせい》剤をばらまいている者もいるそうじゃないか」

「……誰も、そんなことしてねぇよ」

あまりにも不名誉な言いがかりに、祥悟は鼻白んだ。

自分の知人たちのことで、いわれのない非難を受けることに慣れていた。それがたとえ警察官でも、祥悟は必ず反論する。たとえ手錠をかけられた状態でも、臆《おく》するような性格ではなかったのだ。

（ここは日本だ。なにがあったって、簡単には死にはしない）

その開き直りが、祥悟を支えている。

祥悟が子供時代を過ごした場所では、人の命が何よりも軽かった。たくさんの人たちが、簡単に死んでいった。そういう場所だったのだ……。

しかし、祥悟がどれだけ開き直ろうが、挑発的な目をしようが、決して相手の男は感情的にならなかった。

眉一つ、動かない。

（こいつは何者だ）

男の冷静さが、祥悟を警戒させる。

もしかしたら自分は、とんでもない男を相手にしているのではないだろうか。

祥悟は目を眇《すが》める。

茶化すような態度は、この相手には無意味だろう。挑発したところで、乗ってくるとはとても思えない。

祥悟も、何も無意味で無駄な反発を繰りかえすような性格ではない。

目の前の男は、不意に目を細めた。

祥悟の反応を、見極めようとでもしているかのようだ。

「ＵＮＩＯＮのメンバーを、現行犯逮捕した。組織的に薬がやりとりされていたと、自白済みだ」

「な……っ」

さすがに、祥悟は顔色を変えた。

（薬だと!?）

「おい、どういうことだよ。そんな馬鹿な。俺の知り合い連中が『ＵＮＩＯＮ』とか呼ばれてるって言うなら、あいつらに薬をやることなんてできるものか！　ギリギリで生活している連中ばかりだぞ」

「ギリギリで生活しているからこそ、安易な逃げ道を選んだのだろう。もっとも、君があくまで違うと言い張るなら、本人たちを呼んできてやってもいい。現行犯逮捕で、すでに収監済みだ」

男は、冷ややかに言う。

「そんな馬鹿な……」

さすがに、祥悟は呆然《ぼうぜん》としてしまった。

いったい、誰が捕まったのだろう。

知人には、危うい年頃《としごろ》の者もいる。そういう者たちが、悪い誘惑に乗ってしまったことも考えられた。

頭の中で、様々な知人たちの顔がぐるぐると回りはじめた。

もちろん祥悟だって、彼らのことが全て理解できているとは思わない。頼ってくる彼らの心細さを、全て埋められるとうぬぼれてもいなかった。

それでも、何かできたのではないかという苦い想《おも》いが消えない。

「ごっそり挙げることができそうだ。刑事部の連中が張り切っている」

あくまでも端的に事実を告げるような表情で、男は言う。

しかし、彼の言葉が引っかかった。

(こいつ、刑事部の人間じゃない!?)

いったい、何者なのだろうか。

嫌な予感がしてきた。

祥悟が思っているよりも、事態はずっと悪いのではないだろうか……。

「私は、警視庁公安部外事課の特別捜査官、紀藤だ」

押し黙った祥悟に、彼はようやく名乗った。タイミングを、冷静に見計らっていたかのように。

「公安……」

祥悟は、思わずオウム返しにする。

「なんで公安が、麻薬捜査なんかに」

「大規模な外国人の組織犯罪は、外事の管轄だ」

「組織犯罪なんかじゃねえよ。たまたま、知人の間で薬が広まっただけだろ……」

「そんなことは、捜査した上でこちらが決めることだ」

紀藤は、一刀両断する。

「逮捕者は、ビザを取り上げて強制送還だな」

「……っ」

理性では、そうなっても仕方がない。

しかし、日本に出稼ぎに来ている彼らが強制送還されてしまったら、いったいどうなるだろう。故郷の家族の生活は、きっと過酷なものになる。

うなだれた祥悟を、紀藤はじっと見つめる。

そして、さらに冷たい声で言いはなった。

「逮捕者だけではなく、ＵＮＩＯＮ所属の者たちすべての強制送還も検討中だ」

「馬鹿な……！」

祥悟はさすがに仰天《ぎょうてん》した。

「いくらなんでも無茶だ。だいたい、所属者なんて、どうやって決めるんだよ。実体がないんだ、ＵＮＩＯＮなんて。あんたたちが、勝手にそう呼んでいるだけにすぎない」

「君の知人と、その知人につながる者たちすべて。それをＵＮＩＯＮと定義する」

紀藤は、明快に答えた。

「むちゃくちゃだ！　顔見知りどころか、存在すら知らない者同士ってこともあるんだぞ」

「組織とは、そういうものだろう」

（こいつ……っ）

悔しさのあまり、祥悟は歯ぎしりする。

紀藤の、警視庁の魂胆が見えてきた。

彼らは、祥悟の知人の誰かが犯した麻薬犯罪を、ＵＮＩＯＮと呼ばれる祥悟縁《ゆかり》の外国人たち全員を強制送還する口実に使うつもりなのだ。

しかし、どうしてそんな強引な真似を……？

外国人犯罪の横行には、祥悟も胸を痛めている。しかし、罪のない者までも、外国人だという理由で犯罪者扱いするなんて、許されることではない。

紀藤は、口唇の端を上げる。

笑ったとは言い難い。

「……だが、ＵＮＩＯＮが役に立つということを証明してもらえれば、こちらとしても目こぼしを考えてもいい。共生ということも大事だからな」

紀藤は涼しげな無表情だが、祥悟は逆上してしまった。

「最初から、それが目的だろ！」

無茶苦茶な言いがかりをつけてきた理由が、よくわかった。紀藤は最初から、祥悟たちを利用するつもりなのだ。

「目的など、今はどうでもいい。薬物犯罪を犯したという事実があり、それに伴って、大規模な強制送還が行われようとしている現実がある。それを、君は知るべきだ」

「……くそ…っ」

「プランはいくつかある。君が大きなリスクを負うパターンから、君の知人たちにリスク分散させるパターンまで、いくつか用意した。……選択権は君にある」

「拒絶という選択肢以外ってことだろ」

「拒絶も自由だ」

紀藤は即答する。

しかし、彼は見抜いているだけだ。祥悟が拒《こば》むことなどできないのだと。

そんなことを言われて、祥悟が拒むことなどできないのだと。

祥悟は、膝の上で手を握りしめた。

悔しかった。

相手の思惑通りに動かされるなんて……!

(逮捕された連中と、無関係な奴《やつ》らまで危険が及ぶかもしれないなんて、駄目だ。絶対に、それはさせられない)

知人たちを、異邦で危険な目に遭わせるわけにはいかない。

……自分には、かつての悪夢のような記憶がある。今でも、思いだす。自分のような思いを、友人たちに味わわせたりするものか。

「俺は……便利屋だ」

しばしの沈黙のあと、祥悟は口を開いた。

「だから、便利屋の依頼として、今回の件は受けてやる。どれだけ危険だろうと、構わない。そのかわり、無茶苦茶な強制送還なんかするなよ、絶対に」

毅然《きぜん》として顔を上げ、紀藤を見据《す》える。

「……なるほど。いいだろう。規定の謝礼を払うことにする」

紀藤は、静かに答えた。

「自分以外は巻き込みたくない、か。何をされても？」

「当然だ」

祥悟は頷《うなず》いた。

「命の危険もあるかもしれない」

「死ねというんじゃなければ、やってやる」

「いい度胸だ」

紀藤は目を眇めた。

「しかし、どうしてそんなに外国人たちを守ろうとする」

「あんたには関係ない」

「……ああ、そうか」

そっと、紀藤は顔を寄せてきた。

人形めいた美貌が、間近になる。

よく日焼けした祥悟の肌とは対照的に、抜けるように白い肌をしていた。まったく生気を感じない。

「君は人がいい。自分と同じ人間を作りたくないわけか。……異邦で、見捨てられる人間を」

「……っ」

(余計なことを)

祥悟は、無言で紀藤を睨みつける。

「君は、現代の日本人としては、きわめて特異な経験をしている。……死が日常にある生活を。その経験は、今度のことでも生かされるだろう」

紀藤は、初めて微笑んだ。

しかし、瞳は凍りつくほど冷たかった。

「私のために、どこまでも完璧《かんぺき》な武器として動け」

「……ふざけるな……っ」

そう口走りながら、祥悟は飛び起きていた。

ところが、起き上がることができない。そのまま、がくりと柔らかな何かに埋もれてしまう。しかし、その衝撃で意識がはっきりとした。

「……あ…」

(夢、なのか)

今まで生きてきた中でただ一人、その精神性が奇怪なモンスターのようだと思った男と、初めて会ったときのことを、どうやら夢見る形で思い返していたようだ。

祥悟は、知人たちを助けるために、ひいては自分のために、警視庁の囮《おとり》捜査に協力したのだ。

どんな辱めに遭うかもわからない、地下オークションへ、商品として潜入することを。

警察が以前から追っていた国際的犯罪シンジケート主催の秘密オークション。紀藤は、それを一網打尽にすることを目的としていた。

彼は目標を完遂するために動くコンピュータのような男で、そのためにならば手段を選ばないのだという。

彼は祥悟の奥歯に発信機を埋め込み、秘密オークションに関連がある者の周りをうろつかせた。もちろん、探偵として、何か調べていることを盛大にアピールさせながら。

その結果、当然のように祥悟は捕らえられた。

そして、余計なことを知りたがった報いを、商品として出品されるという形で受けたのだ。

しかし、それは計画通りなのだ。

紀藤は現行犯で、オークションを摘発することをもくろんでいた。その位置特定の道具として、祥悟を使ったのだ。

(あいつ、狂ってやがる)

彼自身は冷静で知的、見かけは穏やかに見える男だ。しかし、それが彼の狂気に凄《すご》みを加えているようだった。

あれほど任務にこだわる男だ。予定通り、オークションに踏み込んできた。

しかし、予定外のことが起こっている。

祥悟は、いったいどうなったのだろう?

「……っ、う……」

体が動かせない理由は、あの恥ずかしい枷のせいだ。少しでも身じろぎすれば、辱めの鎖が股間を刺激する。

「うっ、あ……?」

冷たく硬い鎖がこすれるたびに、腰がひくひくする。股間には、敏感な部分が集まっていた。

こんな屈辱的な状態なのに、刺激されると反応しそうになる。

（それにしても、ここはどこだ？）

祥悟はなるべく体を動かさないように、視線で部屋の様子を探ろうとした。

豪奢《ごうしゃ》なベッドに寝かされている。枷が当たっている部分以外は、あたたかにくるみこまれているようだった。

しかし、どんなに豪奢なベッドで寝かされていようと、縛められたままのこんな状態では、苦痛なだけだ。

（俺は、いったいどうなったんだ……？）

オークションに出され、男に贖られはじめた。

気品を感じさせる口元をした、男だった。

日本語で話しかけてきたが、おそらく日本人ではない……。

あの男に担《かつ》ぎあげられ、息を止められたあとのことを、祥悟は何も覚えていなかった。あれから、自分はどうなってしまったのだろうか。

（まあ、いい。とりあえず、俺は生きている）

祥悟は、大きく息をついた。

（生きているんだから……。どうにかなる）

目をつぶる。

瞼《まぶた》の裏に甦るのは、炎の記憶だ。

火に包まれた街。無力にも逃げ惑う人々。

なすすべもなかった、幼い自分……。

(眠ろう)

今、祥悟は生きている。

生きているんだから、たとえこんな形で捕らえられていようと、どうにかなるはずなのだ。

いざという時のために、体力を蓄えておくようにしよう……。


「……ああ、目を覚ましたのか」

聞き覚えのある声で、祥悟はせっかく閉じた瞼を押し上げた。

少しだけ首を伸ばして視線をあげれば、部屋に長身の男が入ってきた。

今は仮面をつけていないが、一目でわかった。

彼は、自分と絵に五十億という価格をつけようとしていた男だ。

「く……っ」

祥悟は、男を睨み据えた。

最悪だ。

どうやら、自分は拉致《らち》されてしまったらしい。

しかし、あの混乱の中、いったいこの男は、裸の祥悟を抱えて、どうやって逃げだしたのだろうか。

「……本当に、いい目をしている。それとも、自分の立場もわからず、強がっているだけなのか」

「あんたに連れ去られたことぐらい、わかる。ここはどこだ」

「ふん、腹が据わっているな」

男は、目を眇めた。

「その目で見つめられると、小気味いい。……いい拾いものをした」

仮面のない彼の顔は、やはりアジア系には見えなかった。とはいえ、ヨーロッパ系でも、中近東系でもない。彫りは深い顔立ちなのだが、柔和ささえ感じる気品があった。

美しい男だ。

世界各地の血が混じり合い、美貌を極めたような造作。

「……俺をどうするつもりだ」

「私は、おまえが管理者を務める絵を落札しようとした。その矢先に、あの騒動だ。迷惑料として、おまえをいただいてきたんだ」

「……管理者」

「あのオークションで売買されるのは、あくまで絵なのだよ。……そういう趣向だ」

「売られる人間の自尊心を、徹底的に踏みつけるのが趣向かよ」

「おまえは、なかなか頭の回転がいいな。それに、そのきつい目がたまらない。しばらく、退屈せずにすみそうだ」

男は静かに窓辺に歩いていくと、壁のスイッチを押す。すると、カーテンが静かに両側へと開いていった。

「……っ」

祥悟は目を見開く。

目の前に広がっているのは、きらめくような夜景だ。都内か？　しかし、土地に起伏があり、遠景に広がる黒々としている部分は海のようだ。

東京には、こんなロケーションは存在しない。

「ここは、いったいどこだ！」

「……よく見えるようにしてやろう」

「な……っ」

男は祥悟を抱えあげると、窓辺に連れ出す。細い体をしているように見えるのに、意外に力があるようだ。

「離せ！」

「その状態では、まともに動けないだろう？」

「……っ」

確かに、腕を動かさないようにしても、歩けば太股《ふともも》や股間と鎖が触れる。最悪、性器に絡みそうになる。

この鎖は、単に祥悟を拘束するためのものではない。性的な恥辱を与えるためのものでもあるのだ。

「どうだ、美しいものだろう」

「もしかして、ここは……？」

祥悟は、息を呑む。

「ビクトリアピーク、か」

「そういうことだ」

男は頷いた。

「美しいだろう、私の街は」

「そんな……、いったいどうやって」

理解できない。

祥悟は、香港《ホンコン》に連れてこられたのだ。

「適当なケースに入れて、どさくさまぎれにおまえを連れだした。飛行機も、同じように」

「そんなことができるわけないだろう！」

テロ事件が多発する今、飛行機のセキュリティは厳しくなっている。手荷物検査だってあるのだ。

「世の中には、そういう検査を受けずにすむ特権というものが存在している」

男は皮肉っぽく笑う。

（こいつ、政府関係者……。それも、外交官なのか？）

祥悟は目を眇めた。

あのオークションは、富豪が集まっているという。世界各国、場所を転々としながら開催されているのだそうだ。

ところが、ここしばらく、日本のセキュリティが甘いと侮《あなど》られたせいか、日本で連続開催が行われるらしいという噂が出たのだという。

そのことが、公安部の神経を逆撫《さかな》でしたようだ。

紀藤は、どんな手段を使ってもいいと言われたそうで、感情的にこそなっていなかったのだが、心なしか生き生きとしていた。彼は、目標を完遂することを至上命題に置くことができるのが、嬉しくてたまらない性質なのだ。

犠牲を出してもかまわないという上の命令が、彼を喜ばせたようだ。

正気の沙汰《さた》じゃない。

そして、祥悟を連れ去ったこの男も、おそらくまともな神経はしていないのだろう。

(日本じゃないということは、きっと発信機も無意味に違いない)

紀藤は、果たして行方不明になった祥悟を探すだろうか？

この男が、いったいどれだけ手際よく日本から祥悟を出国させたかはわからない。だが、タイミングによっては、紀藤が祥悟の行方不明に気づいたときには、すでに発信機が反応しなくなっていたことが考えられる。

「……おまえ、何者だ？」

動揺と焦りを押し殺すように、祥悟は低い声で尋ねた。

「おまえの主人だ」

「……っ」

祥悟は、窓硝子《ガラス》に体を押しつけられる。背後から、男に抱きすくめられ、そのまま硝子面に押しつけられたのだ。

「主人に対する言葉遣いから、教えなくてはならないようだな。なるほど、悍馬だ。しかし、磨きがいがある」

「ふざけるな……！」

「まったく、わかっていないな」

「ああ……っ！」

背後から鎖を引っ張られ、祥悟は大きな声を上げてしまった。

冷たい鎖が、股間に食い込む。

柔らかな陰嚢《いんのう》の形が歪み、軽く擦られると、恥も外聞もなくわめきたくなるほどの衝撃が、祥悟の全身を貫いた。

それを必死で耐え、祥悟は口唇を噛みしめる。

しかし、あまりの衝撃に、口唇を閉ざし続けていることができない。

ぎりぎりと口唇を噛んでいるうちに、口の中にはじわりと鉄さびの味が広がりはじめた。

「……いい根性だ。堕《お》とし甲斐がある」

男は、うっすら笑う。

「主人の名前くらい、教えておいてやろう。私の名前は白恵鳳《はくけいほう》。友人に誘われてあのオークションに顔を出したが、思った以上に楽しめたよ」

「楽しめた、だと……？」

「警察に踏み込まれ、身柄を押えられかけたなんて、人生ではじめてだったしな」

彼は、どうでもいいことのように言ってのける。

（こいつ……。身の破滅とは思わなかったのか!?）

とんでもない男だ。

金と暇をもてあまし、退屈しきっているということか。

「……何より、おまえを手に入れた」

「く……っ」

祥悟の耳朶《じだ》を嚙み、舌で濡らしながら、男は囁いた。

「屈しない人間というのはいい。これから、屈服させることができる楽しみがあるからな」

「俺は、おまえの退屈を晴らすための玩具《おもちゃ》なんかじゃない！」

「おまえの意思など、どうでもいい。……意味があるのは、私の意思だけだ」

「ひっ」

男は、なおも鎖を動かしはじめた。腕を片方前に回し、前後から交互に鎖を引っ張るのだ。

「ひっ、あ、ああっ！」

股間を、冷たい鎖にいたぶられる。陰嚢が歪み、睾丸《こうがん》が今にも押しつぶされかける。こりこりとした感触に、祥悟は怖気をふるった。そこを、そんなふうに責められるのは初めてだったのだ。

孔に指を入れられ、洗浄された時と同様の、内臓を弄られている不快感と、ぞっとするような感覚が祥悟を襲う。

しかし、それと同時に、性器が兆《きざ》しはじめたのだ。

「あう……っ」

祥悟は、窓に寄りかかるようにずるずると崩れそうになる。しかし、恵鳳が鎖を持っているため、蹲《うずくま》ることはできない。股間に鎖が食い込んだ状態で、体を支えられることになってしまう。

「ひゃう、あ……あぁっ!?」

祥悟は目を瞠《みひら》く。

「あ……あぐ……っ」

股間を、睾丸を、鎖にすり潰《つぶ》されてしまう。そんな恐怖を感じるほど、恵鳳は容赦がなかった。

祥悟にも、意地がある。しかし、急所を手玉にとられては、さすがに耐え難かった。全身が、がくがくと震えはじめる。

「や、やめ、やめろ……っ!」

「おやめください、ご主人様《マイ・マスター》と呼べ」

恵鳳は、すかさず命じてくる。

「……まずは、言葉の使い方から矯正してやろう。マイ・フェア・レディのようにな」

「……っ、う……うぁ、あ……ああっ!」

ぐっと鎖を持ち上げられ、祥悟はひときわ甲高い悲鳴を上げた。痛みと衝撃で、意識が飛びそうになる。しかし、鎖で股間を弄ばれている限り、祥悟には気絶することすら許されないのだ。

屈服することしか。

「……っ、あ、あぁ……、あ……くぅ……！」


鎖が股間を這《は》い続ける。

頑《かたく》なに屈服しない祥悟を、恵鳳は決して許さなかった。

全身が、まるで引き付けでも起こしているかのようにがくがく震え、自力で立っていることもできず、恵鳳に体を揺すぶられるまま、祥悟は窓硝子に顔や体をぶつけてしまっていた。

いったい、どれだけ嬲られていただろう。

そのうち、痛みを通りこしたのか、頭の芯《しん》がぼんやりしてきた。

とはいえ、感覚が鈍くなったわけではない。

それどころか、下半身に変化が現われた。

（……なぜだ……!?）

窓硝子に映った自分の姿を、祥悟は虚《うつ》ろに見つめた。

勃起している。

あまりにも強烈な痛みを与えられ続けると、人はどんどん麻痺してくるのだという。あるいは、一説に、痛みを感じる神経と快楽を感じる神経が隣あわせのせいで、限界を超える痛みが、法悦にすり替わることもあるのだというが……。

性器の先端から、透明の雫《しずく》が溢《あふ》れた。

「ひ……ぅ、いやだ、いやだぁっ！」

「とうとう感じはじめたのか。これでは頑固者ではなく、ただの淫乱なマゾ奴隷だな」

恵鳳は、皮肉げに言う。

「恥ずかしいペニスにも、躾は必要なようだ」

「あ……ぁ、あぁぁっ！」

硬くなった性器に、鎖を巻き付けられる。

ただでさえぎりぎりの長さだった鎖だ。そんなことになれば、股間にぴったりと密着する。

その状態でも、恵鳳は鎖を前後させようとする。

「……ひっ、あ、やめ、いやだ、いやだぁ………！」

とうとう、祥悟の双眸《そうぼう》から涙が溢れた。

悔しくてたまらない。

しかし、涙を止めることはできなかった。

「痛いのが、そんなにイイのか？」

「はうっ！」

尻《しり》を平手で叩かれ、祥悟は悲鳴を上げた。

「いやらしい涎《よだれ》が溢れているぞ。こんなことでよがるとは……」

「あ、あうっ、あ……ああっ！」

恵鳳は何度も、ゆっくりと繰りかえし、祥悟の尻を叩いた。

間隔を置いているのは、痛みのあとの痺《しび》れた感覚を、祥悟の体に教えこもうとしているかのようだった。

その痺れは、強烈な快楽に変わるのだ。

「あ……っ、ああ、いやだ、やめ、や……！」

鎖を巻き付けられた性器が、苦しんでいる。達することもできないのに膨張を強いられ、充血してしまっていた。

「……もうやめ、いやだ、や……！」

徹底的な下半身への恥虐に、とうとう祥悟は耐えられなくなった。身をよじり、意地も何もなく、悲鳴を上げはじめる。

「いや、やだ、いや、いや、やめろ、もうやめ……、う……ああぁっ！」

「そうじゃない」

唾液《だえき》で濡れた耳たぶに、ふっと息を吹きかけられる。ぞくっとした。鎖に絡められた性器から、とろりと雫が溢れる。

「……お許しください、マイ・マスター、だ」

「……う……っ」

息が詰まる。

声にならない。

促すように、ひときわ強く鎖を引かれたのだ。頭の芯が、本当に真っ白になってしまう。

（もう、だ……め、だ……）

その瞬間、祥悟の心は折れてしまった。

震える口唇で、呟く。

「……さい…」

一度口を開くと、もう止らなかった。

口の端から唾液を溢れさせ、虚《うつ》ろな瞳で祥悟は請う。

「お許しください、マイ・マスター……」

「……いいだろう」

ほくそ笑んだ恵鳳は、性器の縛めを解く。

そして、とうとう直に祥悟の性器へと指が触れた。

「……ん、は……はう……あっ！」

裏筋を優しくくすぐられただけで、一気に性器がはぜた。

窓硝子が、精液のせいで白くなっていく。
その様を呆然と見つめた祥悟は、次の瞬間に倒れこんでいた。

3

「綺麗に舐《な》めろよ」

「う……っ、くぅ……」

窓硝子に顔を押しつけられ、祥悟はくぐもった声を上げた。

頬《ほお》にはべったりと、精液が付着する。祥悟自身が放ってしまった、恥知らずの体液だ。

一度達したあと、気を失った祥悟だが、気絶という優しい逃避は許されなかった。

息が止るかと思うほど激しい接吻《せっぷん》で目覚めさせられ、こうして己の恥辱の痕《あと》と直面させられている。

「う、く……ぅ……」

汚れた窓硝子に、無理矢理接吻させられる。口唇に、体液の青臭い味が乗る。

「舐めろというのが、聞こえないのか？」

「ああっ！」

鎖を引っ張られ、祥悟は悲鳴を上げた。

萎《な》えたばかりの性器が、ぶるりと震える。

「……絶対に、許さない……っ」

恵鳳を罵《のの》りながらも、祥悟は体の震えが止められなかった。

鎖に味わわされた恥辱は、祥悟の心にも体にも深い爪痕《つめあと》を残したようだ。

体が、勝手に強張《こわば》っていく。

「ゆるさ……な、い……」

顔を体液で汚されながら、祥悟は呻《うめ》く。

下半身への恥辱に耐えられず、許しを請うてしまったことは、祥悟にとっては自分を嫌悪するには十分すぎるほどの材料になった。

自分自身が許せないとは、このことだ。

「許さない？　ペニスを嬲られ、尻を叩かれて、勝手に盛っていたのはおまえだろう」

恵鳳は、絨毯《じゅうたん》の上にうずくまる祥悟を見下ろし、冷ややかに嗤《わら》った。

「淫乱」

投げつける言葉に、祥悟は表情を歪めた。

あまりにも屈辱だった。

しかし、確かに自分は淫乱なのだ。痛みを与えられ、勃起して、達してしまった。口唇に残る苦みが、その浅ましさの証《あかし》だ。

祥悟は口唇を噛みしめ、恵鳳を睨みつけた。

彼は欲望なんて欠片《かけら》も感じさせない、完璧な紳士然とした姿で祥悟を見下ろしていた。

他人を見下す目つきが、なんて似合う男だろう。

最低の人間性が表れた、高慢な表情。そのくせ、気品に満ちていて、厳然としているようにも見えるのはなぜか。

彼は、他人が自分に従うことが当然だと思うような環境で生まれ育ったのかもしれない。

「……こんなことをして、何になる」

「退屈しのぎ」

恵鳳の言葉は、明快だった。他に意図があるようには思えない。

「屈服しない男を、屈服させる。楽しいゲームだと思わないか？」

「ふざけるな」

祥悟は、ぎりっと奥歯を嚙みしめる。

そういえば、自分はこの男に名前すら聞かれていない。

個人としての祥悟など、必要とされていないのだ。

自分が、本当にただの退屈しのぎの道具として扱われていることを痛感する。目の前が、怒りのあまり真っ暗になりそうだった。

「……本当に、おまえは反抗的だ」

「……っ」

尻を叩かれる。今まで知らなかったが、そこを叩かれると、痺れが全身に回っていくような錯覚すら抱いた。

「それとも、いたぶられたくて、わざと反抗しているのかな」

「誰が……っ」

「……私にしてみれば、どちらでも構わないことだが。退屈を紛《まぎ》らわせてくれるのであれば」

恵鳳は、いきなり祥悟の背中を押えつけてきた。

「何をする……！」

「おまえには、まだまだ主従関係を教えこむ必要がありそうだからな。調教を続けてあげよう。幸い、今日は時間がたっぷりある」

「……なにを……っ!?」

「おまえの体は、私を楽しませるための道具。それ以上でも、それ以下でもない。よくよく、そのことを思い知らせてやるよ」

「う、あ……っ、ああっ!?」

祥悟は目を大きく見開いた。

恵鳳の指先が、後孔を抉《えぐ》ったのだ。

「……ひっ、く……、や、め……」

「きつい孔だ。だが、よく締め付けてくる。訓練次第では、十分楽しめるものになりそうだ」

「あ……、あう…………っ」

祥悟は、ひくんと喉を引き攣《つ》らせた。

恵鳳は、祥悟の尻の孔に指をねじこんでいる。そして、体奥をかき乱すように、ゆっくりと指を蠢かしていた。

肉襞の一本一本をなぞるように、執拗《しつよう》に。

「……う…っ」

祥悟は、顔を絨毯に埋めた。

孔は、想像以上の急所だった。

洗浄の時に前立腺を弄られ、腰が砕《くだ》けて抵抗できなくなった。しかし、恵鳳はまだその場所に触れていないのに、十分に祥悟の行動力を奪っている。

「く……う…っ」

抜き差しされる指の動きは、ランダムだった。驚くほどきつく、素早かったり、じれったいほどゆっくりだったりもする。

そして、抜かれていく感触は、祥悟を総毛立たせた。

何度も指の抜き差しを繰り返すうちに、空洞になった腹の中が、ぐっと締まるような動きを始めたのだ。

「……ひぃ……う……っ」

内壁が、外に出されるような感覚。それがたまらず、祥悟は何度も身震いをした。しかも、それを繰りかえされることで、体内が広がっていくような気がする。こんなことは初めてで、怖くてたまらなかった。

さらに、股間にはまた熱が溜まりはじめていた。

尻の孔を弄られて、性器を勃起させている。前立腺を弄ったわけでもないのに。

(俺はおかしい)

性器から先走りが溢れた瞬間、祥悟は目を大きく見開いた。自分の体が、恵鳳に変えられていく。その恐怖を、まざまざと自覚する。

「指を三本も咥《くわ》えている」

「ひ……っ」

内壁を指の腹でなぞられ、祥悟は怖気をふるう。

「しかも、また勃起しているじゃないか。元気だな」

「さわる、な……っ」

「私が触った途端、また先走りが垂れたぞ。こんな反応をしていて、触るなもなにもないじゃないか」

ひそやかな笑いを漏らした恵鳳は、ぐっと性器を握りこんできた。

「やめろ！」

身じろぎした瞬間、鎖を強く引かれる。声にならない悲鳴を祥悟が上げ、体を硬直させていると、恵鳳は性器へとなにか巻き付けてきた。

「間に合わせでしかないが……。そのうち、似合いのものを見繕《みつくろ》ってやる」

「……ひっ」

性器が縛められていく。鎖ではない。もっと柔らかいものだが、硬くなったものをせき止めるには十分すぎた。

「ここでの奉仕の仕方を、教えてやる」

祥悟の体内に指を咥えさせたまま、恵鳳は嘯く。

「尻を振りながら、私を誘え。『私の浅ましい孔をお使いください、マイ・マスター』と言いながら」

「ふざけるな！　誰がそんな真似……っ」

「したくないのか？　ならば、したくなるようにさせるだけだ」

恵鳳はほくそ笑む。

「……私の顔を見ると、ペニスを咥えさせてくださいとすり寄ってくる、淫乱な性奴に仕立てあげてやるよ」

「こんな……、こんなことをして、何になる！」

怒りと、それを上回る蔑《さげす》みの眼差しを向けた祥悟に対して、恵鳳はせせら笑った。

「何度も言わせるな、退屈しのぎだ。人間は、この世で一番思い通りになりにくいものだからな。それを完全に服従させる。贅沢《ぜいたく》な楽しみだと思わないか？」

瞳を覗きこまれ、祥悟は息を呑んだ。

（この男は、狂っている）

退屈と驕慢《きょうまん》は、こんなにも人の心をおかしくさせるのだろうか。

祥悟の脳裏に、遠い記憶が甦る。

生きるのに必死だった、異国での日々だ。

（こいつを、あの戦火の中に置き去りにしてやりたい）

退屈なんて感じることもできない、本当にギリギリの日常が味わえるはずだ。

「……おまえを軽蔑する」

祥悟は吐き捨てた。

どれだけ辱めを受けようと、祥悟が正気のうちは、簡単に屈したりするものか。この男を喜ばせることになろうと、膝を折りたくない。

祥悟の意志は、ますます固くなっていく。

恵鳳を睨み据えたまま、祥悟は恵鳳を罵《ののし》った。

「おまえのような最低の人間、見たことがない！」

「生まれて初めてだな、そんなことを言われるのは」

「じゃあ、今まで言われなかった分、俺が言い続けてやる」

「元気がよくて、結構なことだ。その調子で、私を楽しませろ」

笑いながら命じた恵鳳は、最後にそっと耳打ちしてくる。

「抗《あらが》って抗って抗い尽くして……最後に、私に屈すればいい」

恵鳳は祥悟の背に覆いかぶさってくると、鎖を引っ張りながら性器へと絡めはじめる。

「あ……っ」

硬い感触に、祥悟の体は強張ってしまう。

こんなことはなんでもないのだとかわしてやりたかったのだが、強烈な辱めを覚えている体は、勝手に反応する。

「……おまえも、私と一緒に楽しんでいるだろう？」

「……うぅ…っ」

勃起した性器の形をなぞられて、祥悟は息を呑んだ。

どれだけ強がっても、触れられれば感じる。

男の生理だ。仕方がないのだが、今はこんな自分の体が、とても浅ましいものに思えて仕方がなかった。

「どこまでもつかな、強がりは」

「……っ、あ……あぁっ！」

恵鳳の手によって開いてしまった後孔へ、また指が入りこむ。

一本ではない。二本、いや三本だ。

くっつけるように挿入されたかと思うと、中で指の股を広げられてしまった。肉襞を押し出すような感覚は強烈で、祥悟の腰はがくがくと震えはじめる。

「……い、や……やめ……ろ…、やめろ……っ」

「すっかり、指に吸いつくことを覚えたな。押すと、弾力があることがわかる。充血して、襞が熱くなっているんじゃないか？」

「ち、ちが……う…っ」

「違わない」

「ひうっ」

性器を逆手に握られて、祥悟は息を呑んだ。

陰嚢を掌の肉厚の部分で押えこまれ、根元に指が絡んだのだ。付け根の筋に爪を立てられると、鋭い痛みと共に抑えがたい快感が全身を貫いた。

「やめ、いや、やめてくれ、やめろ……！」

尻を振りながら、祥悟は呻《うめ》く。

「違う、『私の浅ましい孔でお楽しみください、マイ・マスター』だ」

指で祥悟の後孔を拡張し、性器をいたぶりながら、恵鳳は言う。

「……また、先走りが溢れてきている。ねっとりして、先ほどより濃いな。そんなに孔を弄られるのが好きなのか」

「……や……ぁ……っ」

肉襞は、ぐずぐずに溶けていく。初めて味わう感覚だった。ひくつく腰が大きく左右に揺れて、祥悟は喉を震わせる。

「……こんなの、は……い、や……嫌だ……っ」

自分の中に、大きな孔が開いているのを否応なく意識させられた。しかも、その孔は疼《うず》いている。触れられ、かゆみを伴う熱が湧《わ》いているのだ。

そして、柔らかくなった肉は、息づいている。

その孔は、塞《ふさ》がれない限り楽になれない。そう、本能のように感じていた。尻が自然に、恵鳳へと突き出される。浅ましい、慰めを求めて。

「いや、だ……っ」

ぽとりと、先走りが溢れる。

祥悟の性器は怒張して、ひっきりなしに先走りを垂らしている。まるで、粗相をしているようだ。惨めな感覚だった。

「本当に、強情だ。こんなに尻を突き出してくるくせに、まだ屈しないのか」

むしろ感心したような口調になった恵鳳は、性器を逆手に握っていた手を離し、先端を包みこんだ。

「では、ここはどうだ？」

「や……っ」

そこは根元より、ずっと感じやすい場所だった。弄られている内壁と同じように、敏感な神経が剝き出しになっているようなところなのだ。

弾力がある先端に、恵鳳は一気に爪を立てる。特に、尿道を広げるように動く指先には、耐え難いものを感じた。

「……う、は……っ、あ……ああっ!?」

祥悟は瞠目《どうもく》する。

尿道は細い器官だ。爪の先とはいえ、強引にそんなところにねじ込まれたら、たまらない。粘膜も柔らかいし、今にも切れてしまいそうだった。

傷つけられる恐怖に、体は竦《すく》む。

痛みを知っているからこそ。

しかし、そうなることで意識が集中するのか、痛みの後に軽く揉《も》まれるだけで、鼻からは甘えたような声が漏れてしまった。

「あ……ふ…っ」

亀頭を指先で摘まれ、出っ張りを揉み込まれる。きゅっと押された瞬間に、先端からは先走りが噴きだした。

「……っ、あ……あぁ……」

恵鳳は巧みだった。

強張った祥悟を、快楽に耽溺《たんでき》させていく。

「い……はっ、………」

祥悟の太股は、ぶるぶる震えだした。付け根から、まるで痙攣《けいれん》するかのようだ。筋が張ってしまい、がちがちになる体はどうにかなってしまいそうだった。

「……や、いや……も……う……」

性器の先端への愛撫《あいぶ》は、驚くほど強烈だった。強く擦られるほどの刺激はないはずなのに、たらたらと先走りの流れが止らなくなる。意識がそこに集中していき、指で蹂躪《じゅうりん》される後孔から離れていく。

「は……ふ……っ、ん……」

「四本も咥えているくせに、随分気持ちよさそうじゃないか」

どれだけ孔が開いたか思い知らせようとしているのか、恵鳳が囁きかけてきた。祥悟の後孔は、すでに指が四本はいるほどゆるみきっているのだ。

時間をかけて解《ほぐ》され、痛みで強烈なインパクトを与えられたあとに、どんどん溶かされていこうとしている。

「……あふ……っ」

口唇が閉じられなくなった祥悟は、甘い声で喘《あえ》ぎつづける。先走りが溢れるのと同じように、唾液が口元からこぼれた。

恵鳳は、先を焦らない。もどかしい愛撫を続けていく。

「……ふくっ、あ……も、もう……やめ……あ……っひ、あ……っ、あ……あぁ……っ」

次第に、祥悟の声は長く尾を引くようになった。粘つくような、喘ぎ声。あまりにも好《よ》くて、好すぎて、今度は快楽ゆえに辛くなってきた。

痛みを通り越した快楽の次は、快楽ゆえの苦痛を体が覚えこまされていく。

もどかしさのあまり、祥悟は本能的に自ら体を慰めようとした。縛められているから楽になれるはずがないのだが、性器を思いっきり擦りたくなったのだ。

ところが、枷がつけられているので、それは叶《かな》わない。それどころか、無理に動いたせいで、また股間に鎖を食い込ませてしまった。

「はあ……っ！」

思いがけない衝撃に、祥悟は大きくのけぞった。

（いた……い………）

目の奥に、閃光《せんこう》が走ったような気すらする。その強烈な感覚から解放された途端、祥悟の意識が緩んでいく。

そして、ぴんと張っていた糸が切れるように、とうとう屈してしまった。

「……ん、ひ……あ、い……いい……っ」

股間を鎖で締め付けられる、屈辱の感覚。それが、途方もない快楽としてすり込まれてしまったのだ。

自分がどれだけ淫らなことをされているのか、自覚することすらできなくなっていた。祥悟は無心で、鎖を動かしはじめる。

「……く、いた……っ、いやだ、や……あぁ……っ」

悲鳴じみた声を上げたあとに、鎖を緩める。すると、甘い声が自然に漏れた。

「あ……はぁ、ん……っ、い……イ……イ……んっ、んんっ」

ぴくっ、ぴくっ、と性器が撥《は》ねる。そして、粒のようになった先走りをこぼした。

下腹につくほど、性器が硬くなっている。それなのに、射精できない。尿道の口は、だらしなく開いた。

「い……たっ、ひ……っ」

縛められた性器が辛くて、祥悟は何度も何度も頭を振った。

もう、性器のことしか考えられない。

今の祥悟は理性も何も失《う》せ、快感の奴隷だった。射精ができるのなら、なんでもやってしまいそうになる。

「辛いのか？」

「あうっ！」

亀頭を握りこまれ、祥悟は背を反らした。

「にぎ……な、いや……」

「こんなにペニスが大きくなっている」

気のせいか、恵鳳の声が甘い。

人間を背徳に誘いこむ悪魔の声も、きっと彼のものに似ているに違いない。

「……射精したいのだろう？」

したいに決まっている。

祥悟は、がくがくと頭を縦に振る。

「やけに素直じゃないか」

恵鳳はほくそ笑む。

「さあ、こういう時には……」

恵鳳の気品溢れる口元が、祥悟の耳朶へ近づいてきた。

そして、淫らで浅ましすぎる服従の言葉を流し込む。

正気なら、絶対に祥悟は拒絶した。

しかし、今は判断力などもなく、祥悟は本能の赴くまま口を開いた。

「……俺……の、あさましい……孔を、使って、おたの……しみください、マイ・マスター……っ」

尻を振りながら、淫らな服従を誓う。

「……いいだろう」

「……う、はぁっ」

祥悟の中から、ようやく指が引き抜かれていく。

指で馴らされた後孔は、すっかり咥える快感を知ってしまった。空洞になったことで、口寂しくて仕方がない。ひくひくと、入り口は開閉した。

「ほら、おまえが好きなものだ。……たっぷり食らえ」

「……っ、あ……ああっ！」

後孔が閉じた瞬間を狙いすますように、恵鳳の逞《たくま》しいものが入りこんできた。熱く、硬く、太く、強烈な存在感を持っているものが、祥悟の後孔を貫いたのだ。

「……ほら、これはなんだ？」

「……です、ペニスです、マイ・マスターのペニスです！」

快楽に、脳がついていかない。食らいつく体から得られる強烈な刺激に翻弄《ほんろう》され、狂わされ、祥悟はあられもなく叫んでいた。

「締め付けてきているな。……おまえの体は、なかなか悪くない」

「……ん、あ……ぁっ、あ……」

「もっと締めろ。私を満足させられない限り、おまえの射精はありえない」

「……っ、は、う……はぁっ、ん……」

祥悟は必死になって、下腹に力を入れる。

恵鳳を満足させるために。

「……んっ、う…ん…んはぁ、は…ん…、あ…ん…ん、お楽しみください、お使いくださいっ」

奥まで抉《えぐ》られ、大きく揺すぶられながら、祥悟は狂ったように恵鳳の性器を味わう。後孔を、恵鳳の快楽に仕える道具へとしていく。

「……あ……っ、ん、まだ、まだですか？」

なかなか、解放してもらえない。射精できない。もどかしさのあまり、祥悟は思わず尋ねてしまった。

「主人をせかしてどうする」

「あぁっ！」

性器を咥えたままの尻を叩かれ、祥悟は悲鳴を上げた。

「罰として、イくときは自慰でイけ。いいな?」

「……ひ、あ……あぁ……っ」

「ひとまず、中で出してやろう」

恵鳳の美声が、わずかに掠《かす》れている。

「ほら……」

「あ……っ、ああっ」

祥悟の下腹は、大きく波打った。

体の奥に、熱いしぶきが浴びせかけられたのだ。

「……っ、は……あ……ぁ……」

肉襞に、たっぷりと熱いしぶきを浴びる。その焼け付くような刺激に、祥悟の腰はひくついていた。

「礼はどうした」

恵鳳は、容赦なく祥悟の尻を叩いてきた。

「いやらしい孔に射精してくださいましてありがとうございます、マイ・マスターと言ってみろ」

「は、はい……」

中で射精された衝撃に身悶《もだ》えしながら、祥悟は頷いた。

「なか……に、出してくださいまして、ありがとうござ、い……ます、マイ・マスター……っ」

自分がどれだけ屈辱的な言葉を言わされているのか、もう自覚なんて持ちようがない。今の祥悟は、快楽の奴隷なのだ。

本能に忠実に、性を貪《むさぼ》るだけの奴隷。

恵鳳によって、貶《おとし》められた。

「いいだろう。……自慰をさせてやる」

傲慢な許しを、恵鳳は与えてきた。

そして、祥悟の体を離すと、窓に背をもたれかけさせるように座らせた。

「……ん、は……う……っ」

ようやく性器の縛めを解いてもらえる。大きく足を開いたまま胸を喘がせる祥悟は、虚ろな眼差しで恵鳳を見上げた。

彼と、先ほどまでつながっていたとは思えない。

さっと衣服をただした恵鳳は、冷然とした表情で祥悟を見下ろしてきた。

「そのまま、自慰をしろ。腕を動かせば、鎖が使える」

恵鳳の靴が、祥悟の性器の先端に触れる。

「手伝ってやるから、早くしろ」

言われるまでもなかった。早くイきたくて、たまらなかったのだ。

靴底で性器を嬲られる屈辱も、自慰を強要される羞恥《しゅうち》も、共に感じることはできないまま、祥悟は命令に従う。

後ろ手に縛められた手首を、動かしはじめる。

勝手がわからないので、どうしてもぎごちない動きになった。しかし、少しでも鎖が触れるだけで、性器は大きく震えた。一度その感覚を味わうと、やみつきになった。

「……っ、あ、はぅ、あ……あぁっ」

鎖で股間を締め付けながら、祥悟は身悶えした。しかし、まだ足りない。鎖が気まぐれに触れるだけでは、イくことはできなかった。

「……あ……もう、イく、イきたい………っ」

「イかせてください、マイ・マスター、だろう?」

「ひっ」

性器を靴底で蹴られ、祥悟は息を呑む。

硬くなった性器は、少しの刺激でも痛みを感じる。しかし、痛みと快楽は裏腹だ。それを叩きこまれた体は歓喜する。

「……てください、イかせてください、マイ・マスター!」

恥知らずにも叫んだその時、恵鳳の靴底が祥悟の亀頭を強くなぞった。

「……あ、あぁぁっ！」

剝き出しになっている性感帯への刺激は、強烈だった。

「イ、イく、イく……っ！」

射精は許されない。終わりない絶頂は、祥悟を狂わせていった。

4

体の節々が痛んでいる。

寝返りを打った途端、下半身に尋常ではない痛みを感じ、祥悟は目を覚ました。

「……っ、う…」

起き上がろうとしても、上手《うま》くいかなかった。腰から下に、まったく力が入らない上に、手首を縛められているようだ。

冷たい感触が肌をなぞる。鎖だ。すっかり体温に馴染んでしまった首輪から、鎖が垂らされて、股間を通って手枷につながっている。

祥悟は淫らな虜囚《りょしゅう》だった。

はっきりと、目が覚めた。そして、己の身に起こった理不尽な経験のすべてを、思い返してしまった。

恥辱の経験を。

（……くそっ、俺は……）

祥悟は、ぐっと奥歯を噛みしめた。

警視庁公安部に強要され、捜査に協力をさせられた挙げ句、祥悟は誘拐された。

しかも、よりによって香港にまで！

（パスポートも財布もない。身一つの状態か……）

冷静に、祥悟は考えを巡らせはじめる。

祥悟は決してクールな性格ではない。しかし、こういう時には必ず投げやりになったりせず、なるべく理性的に行動するように心がけている。

不安や焦りは、押え込む。

自分は生きているのだから、と。

生きているから、どうにもならない状況でも、何かのきっかけでどうにでもなるかもしれない。

幼い頃の経験から、祥悟はそう信じている。

祥悟の在り方を決めた、炎の記憶。あの炎をくぐりぬけたのだ。だからきっとこれからだって、どうにかなるに違いない……。

この姿で外に出ることは可能だろうか？

（警察に捕まりそうだが、いっそそれでも構わない）

そのまま、自分は日本人だと訴えれば、日本領事館の人間が駆けつけてきてくれるかもしれない。

そうなれば、勝機はある。

しかし、そんなに上手くいくのだろうか。

(恵鳳の身許《みもと》がわからないのは不利すぎる)

祥悟は臍《ほぞ》を嚙む。

祥悟は彼のことを、名前しか知らない。

確実なのは、あの地下オークションに参加するほどの財力があり、さらに外交官特権を使える人間を、プライベートな面倒事に巻き込めること。

また、ひょっとしたら、プライベートのジェット機を所有しているか、所有している人間を動かせるだけのコネクションがある。

祥悟の奥歯にある発信機をトレースされたら、さすがに逃げられなかっただろう。

つまり、紀藤たちが祥悟を保護できなかったことに気が付き、発信機の位置を確認するまでの間に、発信機が届かない範囲まで逃げることができたわけだ。

(結構な大物の可能性はある。……慎重に動いたほうがよさそうだ。警察の上とつながっていたら、どうにもならない)

なるべく状況を正確に把握しようとするが、何せ材料が少なすぎる。

(あの男に、話をさせなくては)

とにかく、相手の身許もわからなくては、迂闊《うかつ》に動くこともできない。

祥悟の命は一つしかない。死んだら終わりだ。

(でも、死ななければどうにかなるんだ)

自分に、繰り返し言い聞かせる。

勿論《もちろん》、本音を言ってしまえば、今の状況は恐怖以外の何ものでもない。

異国に身一つでいる恐ろしさを、祥悟はよく知っていた。けれども、どうにかなると思って行動しなければ、何も始まらないのだ。

決して、諦《あきら》めるつもりはなかった。

(たとえ、どんな目に遭おうとも)

己に施された激しい調教の数々を思い出すと、不快で吐き気がしそうだった。

された行為が気持ちわるかったわけではない。強烈な快感だったからこそ、自分に吐き気がするのだ。

(……あんなふうになるなんて)

快楽の前で、意思の力なんて脆《もろ》い。そのことを、嫌というほど思い知らされた気がした。被虐の悦楽は自尊心を踏みにじられるだけなのに、体の内側から変えていかれそうになるほど禍々《まがまが》しい悦楽に祥悟を引きずり落とした。

「起きたか」

声をかけられ、祥悟ははっと顔を上げた。

スーツ姿の恵鳳が、部屋に入ってきた。

外出していたのだろうか。オークション会場に現われた時と同じように、紳士的な身だしなみをしていた。

その顔を見た瞬間、怒りがこみ上げてきた。

「貴様……っ」

歯ぎしりしながら、祥悟は恵鳳を睨みつける。

「まだ、そんな反抗的な目をするのか。ますます、堕とし甲斐があるというものだな」

恵鳳は、我が物顔で祥悟に触れてこようとする。

「触るな、下衆《げす》野郎！」

「まだ躾が足りないのか。……まったく、手のかかる奴だ」

指先で口唇をこじ開けられそうになり、祥悟は思いっきり噛みついた。

いくら手が封じられていようと、その気になれば抵抗はできる。

「触れるなと、言っているだろ！」

「誰が主人か、まだわからないのか。ほんとうに、物覚えが悪い」

「貴様は、俺の主人なんかじゃない。……たとえ、俺を嬲って、無理矢理主人と呼ばせたとしても、俺は貴様を認めない」

祥悟は、毅然と反論する。

「セックスごときで、俺を従わせられると思うなよ。あんな一方的なセックス、よくもなんともなかった」

力強く恵鳳を否定できたのは、おそらく彼は自分を殺したりしないだろうという予想がついていたからだった。

恵鳳は、退屈している。

そして、祥悟を退屈を紛らわせるための道具にしようとしているのだ。

威勢よく反抗している間、彼の興味はそがれないだろう。そう、祥悟は判断した。それに全てを賭《か》ける。

「……生意気なことを」

そう呟いた恵鳳だが、口元は笑っていた。

目は相変わらず冷めているものの、歪んだ楽しみを見つけたと言わんばかりの表情になる。

祥悟の考えた通りだった。

「では、私とおまえで、根比べをするとしようか」

「……根比べ」

「おまえが私に身も心も屈服するのが先か……。そんなことはありえないとは思うが、私がおまえに負けを認めるのが先か」

「負けてたまるか」

全てに恵まれたゆえの虚無と共に歩く男に、負けてなるものか。

祥悟は毅然として、恵鳳と相対した。

全裸で、鎖をつけられている、淫らな状態。惨めだ。しかし、立場の惨めさに、心まで押しつぶされてしまいたくない。

「俺は、絶対に貴様を認めないからな。人間性は最悪だし……。どれほど、社会的地位を持っていようと」

挑発されているふりをしながら、祥悟は恵鳳の身分を探ろうと試みる。敵の正体を、摑むために。

「俺が貴様を主人と呼ぶとしたら、人間として認めた時だけだ。覚えておけ」

恵鳳は、冷ややかに笑う。

「人間として、か。随分、安っぽいヒューマニズムに囚《とら》われているようだな」

挑発に乗って、自分がどんな立場の人間か言うかと思ったが、さすがに恵鳳はそこまで簡単な性格の人間ではないようだ。

話を、祥悟自身のほうへと振り返されてしまった。

「結局、最後には何もなくなるだろう。貴様も、俺も」

恵鳳の言葉に、祥悟は腹も立たなかった。

（貴様には、わからないだろうな）

瞼の裏に、炎が広がる。

善人だろうが、悪人だろうが、老いていようが、若かろうが、男だろうが、女だろうが、何もかも焼き尽くした紅蓮《ぐれん》の記憶。

(貴様だって、あの炎の中では無力だ)

「……最後?」

「本当の修羅場では、生身の自分しか残らない。だから、俺はその部分に価値を見いだしている」

それは、経験に裏打ちされた信念だ。他の人間にとっては違うかもしれないが、祥悟にとっては正義だ。

「……」

恵鳳は、瞳を細める。

まるで、祥悟の内面を見透かそうとしているかのように。

「面白いことを言う奴だ」

祥悟の顋を摑み、恵鳳は表情を覗きこんできた。

「日本人らしからぬ感覚だな。まるで、修羅場を見てきたような」

「日本人だからって、ひとくくりにするな。いろいろな事情の下で、みんな生きている」

顔を振り、彼の指を振りほどこうとするが、離してもらえない。心なしか、指の力が強くなったようだ。

「想像以上に、面白い拾いものをしたようだな。……名前は？」

そう問われたことに、祥悟は内心ほくそ笑んでいた。

恵鳳が自分に興味を持ったのだと、察したからだ。

こうなると、ますます生き延びる確率が高くなる。

（……順調じゃないか）

何がなんでも生きてやる。そして、ここから逃げだす。上手い具合に、話は転がりはじめていた。

「桂木祥悟」

祥悟が答えると、恵鳳は小さく頷いた。わかった、という意味か。ますます、彼の中に自分という存在が入りこんだように感じられた。

恵鳳は、全裸の祥悟を一瞥した。

「随分、体を鍛えているようだな」

「体が資本の仕事をしている」

当たり障りのない範囲で、祥悟は恵鳳の質問に答えはじめた。

会話をし、相手に認識してもらうことで、少なからず感情を引き出せる。本当は恵鳳などとは口も利きたくないが、自分を守るために祥悟は堪えた。

「なぜ、あのオークションにかけられた」

「借金のせいだ」

「仕事が上手くいっていないのか」

「……まあ、そんなものだ」

紀藤の件について、話すつもりはない。祥悟は、当たり障りなく答えた。

「新しい仕事が見つかって、よかったな。私の奴隷という」

恵鳳は、真顔で言う。

「本物のサディストに落札されていたら、おまえのような男は今頃切り刻まれながら、たっぷり堪能されていただろう」

さすがに、その未来予想にはぞっとさせられた。とはいえ、祥悟にしてみれば、恵鳳に連れてこられたこと自体、恩義に感じるものもない。

「誰も、貴様の奴隷になったつもりはない」

「オークションにかけられた身の上で、よくも気丈に振る舞えるものだ」

恵鳳は、呆《あき》れ顔になる。彼にしてみれば、圧倒的不利な状況でも意地を張る祥悟は、ただの無鉄砲者としか思えないのかもしれない。

「……だからこそ、楽しめそうだが。悪くない」

付け加えられた一言には、彼の傲慢《ごうまん》さが滲んでいる。人を人とも思わない、彼の人間性が感じられる。

（こいつ、いったい何者だ）

自分以外の人間を思いやるということが、きっと彼にはないに違いない。祥悟には、そう思えた。

恵鳳は、口の端を上げる。

「その体に見合った仕事を、おまえに与えてやろうじゃないか」

枷を外され、スーツを着るように命じられる。しかし、恵鳳は決して、祥悟を恥辱から解放しようとしたわけではなかった。

（くそ……っ）

自分の前を歩く恵鳳の背中を睨みつけ、祥悟は呻いた。

与えられたのは、ダークカラーで上質なスーツだった。仕立てがいいのが、祥悟のように衣服に興味のない人間でもわかるほどだ。

いつのまに体型を調べたのか、祥悟の体にぴったりフィットしている。しかしそのせいで、祥悟は不自然な歩き方になっていないか、気になって仕方がなかった。

(……擦れる)

身じろぎするたびに、警戒心が背筋を走る。

どうしても、表情が歪んでしまう。

上質のスーツの下で、祥悟の体は辱められていた。性器の根元から括《くび》れ部分まで、宝石を連ねた拘束具によって、縛りあげられているのだ。先端には、小さくて古風な錠のようなものが取り付けられており、その鍵は恵鳳が持っている。祥悟を逃がさないように、こんな淫らな方法での拘束を恵鳳は考えたのだ。

(ふざけやがって)

祥悟は、ぎりっと口唇を噛みしめた。

しかし、部屋の外に出られたのはありがたい。

祥悟が閉じこめられていたのは、広大な屋敷の一角だった。派手派手しいというよりは、古式ゆかしい名家という風情だ。

所々に置かれている家具は見事な螺鈿《らでん》細工で、花瓶などの小物まで、まるで芸術品のようだった。

時折、使用人らしき人々とすれ違う。丈の長い黒いワンピースに白いエプロン姿というメイドや、黒いお仕着せの男性など、かなりの人数を使っているようだ。

飛び交う広東語《カントン》に、ここが異国であることを強く意識させられた。

「おまえを、私のボディガード兼秘書の一人として、これから連れ回してやる」

いちいち上から物を言う、嫌な奴だ。しかし、彼としてはごく自然な言葉遣いのようだった。生まれた時から人の上に立つ者特有の傲慢さが、彼の全身から漂《ただよ》っていた。

「俺をボディガードにする？　馬鹿な男だ」

祥悟は、呆れ顔になる。

「銃を与えるのか？　後ろから殴りつけられたり、撃たれたりしてもいいってわけか」

「死にたければ、そうするがいい。命がけのゲームも悪くはなさそうだ」

祥悟の言葉は、彼には脅し文句にもならなかったようだ。

「私のボディガードには、少しでも不審な動きをしたら、お互いに撃ち合うことを許している」

「……なっ」

祥悟は仰天した。

つまり、祥悟が恵鳳に一矢報いようとしても、無駄ということだ。

恵鳳が手を叩くと、どこからともなく、ダークカラーのスーツに身を包んだ男たちが現われた。

皆、屈強な体つきをしており、鋭い眼差しからは普通の人生を歩んできた人々ではないということが窺《うかが》えた。

（軍人か……。本職の殺し屋もいるんだろうか）

数えてみれば、そんな男たちが六人もいる。

彼らが、皆ボディガードなのだろうか？

こんなにたくさん護衛が必要な、この男は本当に何者なのだろう……？

「私には、忠誠心厚い者たちだ。おまえも、迂闊《うかつ》な行動はするなよ。私が制する前に、命運が決まるだろうから」

恵鳳は、あっさりした口調で付け加えた。

「なにせ、家族の命が私の手の内だ」

祥悟は息を呑む。

恵鳳に指摘された通り、祥悟は日本人にしては過酷な環境に身を置いていたことがある。だから、たいていのことには動じない。

しかし、目の前にいる男が放つ凄みに、気圧《けお》されそうになる。

軽い口調で、他人の命を握っていることを明言できる。しかも、真実がこめられているから、きっと祥悟をこんなに動揺させているのだ。

（ボディガードの家族の命を握るってことは、そういう相手じゃないと、自分を預けられない、信用できないってことか？　とんでもないな……）

人を人とも思わない恵鳳の中にある、強烈な他人への不信感を感じ取り、祥悟は薄ら寒い気持ちになった。

彼は、ただの悪趣味な金持ちというわけではなさそうだ。

すっと伸ばされた背中に、彼は何を背負いこんでいるのだろう？

とんでもなく重いものを恵鳳は抱えこんでいるように、祥悟は感じた。


「銃を使ったことはあるか？」

「もう何年も使っていない。……オートマなら、おそらく撃てる」

連れこまれた車の中で恵鳳に銃を渡され、祥悟は苦く呟いた。

「ろくな生活を送っていなかったようだな、日本人」

「……日本人が、日本だけで生活しているわけじゃないさ」

拳銃《けんじゅう》の重さを感じながら、祥悟は目を伏せる。

「それはそうだ」

恵鳳は、追及してくる様子はなかった。助手席に座っている秘書らしき男に、今日の予定を読み上げるように命じている。

前後を護衛車に挟まれての外出。物々しかった。まるで、大物政治家のような様子だが、スケジュールに耳を傾けていると、そういうわけでもなさそうだ。

広東語で話をしているが、祥悟にもなんとなく意味はわかる。

これから出かけるのは、どこかの会社、会食、美術館視察……高級ジュエラーらしき名前も出た。さらに、夜も会食。

随分あわただしいスケジュールが組まれているようだ。

(それだけ隙《すき》ができるってことか？　いや、この警戒ぶりを考えると、あまり楽天的にならないほうがいいな)

拳銃をホルスターにしまい込みながら、祥悟は考える。

オートマ銃なら扱えるとは言ったものの、実際に引き金を引くことはできないだろう。祥悟はそれほど射撃に自信はないし、実際に使っていたのは、ローティーンの頃までだ。

(思えば、あの時代がなかったら、俺はこんなところまで来なかっただろうな)

おそらく、新宿の外国人たちと親しくなることもなかったし、それに絡めて、警察に脅され、捜査協力をすることもなかったに違いない。

運命の偶然とは、皮肉なものだ。

「……どうした」

日本語で問いかけられ、祥悟ははっと顔を上げた。

黙りこんでしまった祥悟を気にしてか、恵鳳が顔を覗きこんでくる。

「なんでもない」

「なんでもない、という顔ではないようだが」

「……貴様は何者なのかと、考えていた」

黙りこむかわりに、適当にはぐらかす。すると恵鳳は、細い眉を上げた。

「教えてやることは簡単だが、それぐらい、自分で察してみろ」

身許を知られることを、警戒しているのかいないのか。あくまでゲームをしているような調子で、恵鳳は言う。

「そのために、俺を連れ回すのか」

「そうではない。なにせ、私は多忙な身の上だ。退屈しのぎも、隙を見てやらなくてはならない状況なんだ」

「それは、退屈しのぎとは言わない」

「退屈しのぎの、気晴らしだ」

頑として言い張る男は、祥悟の顎を掬《すく》い上げた。

「何を……っ」

「移動時間は、有効に使うのがポリシーだ」

「やめろ！」

運転手も、秘書もいる。こんな状態で、淫らな振る舞いをしかけるつもりなのだろうか。

「……私は今まで、他人の意思で行動を変えたことは一度もない」

恵鳳はそう言うと、祥悟をそのまま組み伏せた。

口唇を奪われ、喉奥まで犯される。あわせて性器をひねり回されているうちに、祥悟の体はかっと熱くなっていった。

性器が勃起したことを自覚した時、目的地に着いた。すると、恵鳳は今までの振る舞いなどは嘘《うそ》のような紳士然とした表情で、荒い息をつく祥悟を置いて、外に出たのだ。

(くそっ、覚えてろ……っ)

火照《ほて》った体を疎ましく感じながら、祥悟は口唇を噛みしめる。

半端に感じてしまった性器を、宝石の縛めが締め上げていた。いったい、こんな悪趣味なものを、彼はどこから調達してくるのだろうか。

性器が苦しくて、たまらなかった。できれば座りこんでしまいたいけれども、そうもいかない。何せ、祥悟が連れてこられたのは、大きなオフィスだったのだ。

(I.T.……。国際貿易公司、か。貿易会社か?)

快楽で濡れる眼差しで、文字を追う。そのビルは、すべて同系列の会社のオフィスのようだ。

三十階はありそうなビルだから、相当大きな会社なのだろう。

その会社の人間が、恵鳳に対して「社長」と呼びかけている。

祥悟はぎょっとした。

広東語が多少はできるので、会話の意味は聞き分けられる。

一気に、体の熱も冷める。

（こいつ、この会社の経営者なのか？）

日本くんだりまで来て、あんな怪しいオークションに参加した挙げ句、祥悟を軟禁して辱めた。

国境を、人一人連れて越えたのだから、ただ者ではないはずだ。

確かに大きな会社のようだが、果たして会社経営者だけが彼の素顔なのだろうか。

恵鳳の後ろ姿を見つめながら、祥悟は考える。

（政財界に、強いコネクションがある可能性もある。……慎重に対応しよう。表向きはまともでも、裏社会につながっている場合もあるしな）

日本にも、ヤクザなどがバックについている、フロント企業と呼ばれるものがある。香港でも同じことだ。

恵鳳のことを、よく見ていようと思った。彼という男を、見誤ったりしないように。

いつか逃げだすためにも。

（人生、しぶとくだ）

すぐに逃げ出すことができなかったとしても、決して焦ったりしない。

生きているのだから、いつかチャンスは来る——。


恵鳳は思いの外、真面目《まじめ》に仕事をしているようだ。昼の会食の相手は日本でも有数の商社の人間らしいと聞きつけ、祥悟は期待した。

できれば祥悟は、その日本人相手に、自分が無理やり連れてこられたことを訴えたかった。しかし、恵鳳はさすがに祥悟を日本人と接触させることを許さず、車に軟禁されてしまった。

窓にスモークフィルムが張られている車は、動く密室になっている。その密室の中に閉じこめられた祥悟は、強引に衣服を奪われた。

「離せよ！」

ここは駐車場だ。揉めれば助けが来てくれるかもしれない。声を張り上げたが、恵鳳のボディガードたちに銃を向けられてしまう。

「静かにしておけ。……辛い思いをすることになるのはおまえだ」

「……っ」

衆人環視の中で、祥悟は下半身を辱められた。指が性器に絡められ、根元から先端まで、裏筋を辿《たど》るように扱《しご》く。硬い場所をつぶすような愛撫に、性器は歓び、はしたない先走りを溢れさせる。

「う……、うぁ……っ」

不自然な体勢で、股を大きく開かされる。付け根から強引に引っ張られるような体勢で、びくびく太股《ふともも》が震えた。

「楽にしていろ」

そう言いながら、恵鳳は祥悟のホルダーから、拳銃を取り出した。そして、後孔へと銃口を押しあててくる。

「……っ」

祥悟は、さすがに息を呑む。

そんな場所を撃たれたら、ひとたまりもない。

恐怖のあまり、孔がすぼむ。体が硬直してしまう。

そんな祥悟の手を、恵鳳は部下に命じて縛めさせた。

「力を抜け」

恵鳳は、後孔を銃口で押し開けるように動かしながら、傲慢に命じてきた。

「……さすがに怖いか」

祥悟は、さすがに言葉が出ない。この状態で彼の機嫌を損ねると、取り返しのつかない失敗になりそうだ。

「命は惜しんでいるんだな」

「悪いかよ……」

命よりも大事なものがあるとは、とても祥悟は思えない。命あっての物種だ。祥悟にとっては、今までの人生全てを否定されることになってしまう。

「……青ざめた顔も悪くない」

口唇の端をつり上げると、恵鳳はぐっと拳銃を突き入れてきた。

「ひ……っ」

柔らかい粘膜をくり上げ、拳銃が中に入ってくる。ごつごつした感触が、気持ち悪い。祥悟は、思わず呻いてしまった。

鉄の冷たい感触が、祥悟の背を震わせる。濡れた粘膜を、硬いものが貫いていく。

(銃が、俺の中に入って……?)

硬い。痛い。何より、恐怖がこみ上げる。

身じろぎした拍子に、引き金が動いたら?

呼吸すら、慎重にならざるを得ない。

「いい子で留守番をしていろ。……死にたくなければ。セーフティは外してあるからな」

低い声で言い捨てて、恵鳳は立ち去っていく。

「……っ」

声にならない罵声《ばせい》を飲みこみ、祥悟は男のスーツの背中を睨みつけた。

セーフティが外してある？

冗談じゃない。何かの弾《はず》みで、撃たれてしまうかもしれない。

後孔に拳銃を咥え、淫らな肢体をさらしたまま、死ねというのか……。

（あいつ……。覚えてろ。こんなことで、負けてたまるか！）

会食は、二時間ほどの予定だ。

その間、ずっと自分はここに閉じこめられているのだろうか？

（こんな姿で？）

咥えさせられた拳銃を意識すると、肉襞がざわめく。緊張のあまり、敏感になっているのかもしれない。性器が頭を擡《もた》げたのに気が付き、祥悟は絶望した。


「……っ、は……あ、……くぅ……っ」

一人で懊悩《おうのう》と戦い、息を漏らしていた祥悟の元に、やがて恵鳳は帰ってきた。

「いい色に染まったな。そんなに、拳銃は美味《うま》いか？」

祥悟を抱え起こした恵鳳は、祥悟の顔を覗きこんできた。思わせぶりな、眼差しで。

「じっと堪えて、中のものに気をとられていたのか。筋が張っている」

「ひっ」

太股の付け根をまさぐられ、腰が動きそうになる。

祥悟は、さすがに真っ青になった。このままでは、犯され殺されてしまう。

「……いいことを、教えてやろうか」

恵鳳はほくそ笑んだ。

彼は無造作に拳銃を手に持つ。そんなことをしたら、発砲するかもしれない。祥悟は息を殺し、じっと恵鳳を見つめた。

「私は寛大な男だ。性奴が従順でなくとも、殺しはしないさ。……セーフティは、外していない」

「こ、この……っ！」

（騙《だま》された！）

本気の恐怖で圧倒されていた分、怒りは強かった。一気に、体中の血が頭にのぼった気がした。

「……単純だな、祥悟。私が、自分がいないところで、おまえを死なせるような真似をすると思うか？」

「あう……っ」

拳銃を一気に引き抜かれ、祥悟は背を反らした。

今まで堪えていたものが一気に吹き出たのか、先走りがどっと溢れた。

「く……は、あ……」

後孔が、ひくついている。

恵鳳が戻ってくるまで、ずっと拳銃を感じていたのだ。まるで筋肉痛にでもなったかのように、そこが凝っている気がする。

(退屈しのぎになるなら、俺を殺すくせに)

声が上手く出てこないので、心の中で恵鳳を罵った。

「はしたないな。こんなに濡らして」

「……っ」

亀頭を握られ、祥悟は息を呑んだ。

「言ってみろ。マイ・マスター、ご奉仕します。どうぞ、ご褒美として射精をお許しください、と」

「……誰が……っ」

祥悟は唸《うな》る。

「だいたい、こんな形で何度俺に『マイ・マスター』と言わせようと、俺が貴様を認めたことには、なりゃしねぇよ！」

「強情者め」

　そういう恵鳳の顔は、楽しそうだった。

「……いいだろう。どれだけでも意地を張り続けるがいい。一日は、まだ長いしな」

「……っ、あ……ああっ！」

　いきなり、恵鳳が性器を押し入れてくる。

　拳銃の蹂躙《じゅうりん》で、後孔は十分緩んでいた。先走りが伝い、濡れていたのか、ずぶりと濡れた感触とともに、恵鳳が入りこんできたのだ。

「ひぅ、あ……っ、ああっ！」

　のけぞった祥悟は、あられもない声を上げた。

「ひ、う……っ、や、いやだ、やめ、やめろ……！」

「おまえは、本当に活きがいい」

　ほくそ笑む恵鳳は、祥悟を膝の上に抱きあげた。下から、奥深くまで性器が入りこんでくる。

祥悟は声を抑えることができず、あられもなく乱れた。

「ひっ、う………、あ……ああ……っ」

　折りから、車が動きだした。その振動までもが、祥悟を揺すった。

「ひぅっ、あ、ああ……っ！」

「私のスーツまで、濡らしているぞ。次の予定の前に、着替えなくてはな。面倒だ」

そう言いながら、恵鳳は笑っていた。

楽しくてたまらない、という表情だった。

5

「……まったく、頑固な男だな」

祥悟の体内に性器をねじ込み、揶揄《やゆ》するように揺らしながら、恵鳳は言う。

「く……っ、ふ……」

ソファの背もたれにひっかくように爪を立て、祥悟は背をしならせていた。

膝立ちの不自然な姿勢のせいか、前で両手を縛める枷は肌に食いこむようだった。

宝石で彩られたその枷は、全く実用的ではないように見えるわりに、しっかりと祥悟の行動を封じているのだ。

恵鳳が経営している、美術品で彩られた店。その奥のソファに押しつけられるように、祥悟は彼に抱かれていた。

すでに、時間は深夜に近い。

ボディガード兼秘書という名目で、恵鳳に連れ回されるようになってから、すでに十日以上経つ。

相変わらず、白恵鳳という男が、どういう人間なのかははっきりわからない。祥悟は情報から閉め出された状態で、自分が目にできるものだけが判断材料の全てだった。

彼がどうやら大きな会社を経営しているらしいこと、その会社の社長業務に、一日のほとんどの時間を費やしているらしいことはわかった。

そして、さらにそこから時間を捻出《ねんしゅつ》し、美術商としての仕事をしていることも。

二重に仕事を持っていて、さらに忙しくしている。その上、祥悟を嬲ることもやめない。人間として全く尊敬に値しない男だが、そのタフさだけは認めてもいい。

今日も、恵鳳は帰る前に、あえてこの店に車を向けるように指示した。そして、ボディガードたちは外に待たせ、祥悟だけを連れて店内に入ったのだ。

最初は何か書類をチェックしていた恵鳳だが、やがて店内を見回るように歩きはじめた。とはいえ、狭い店内だ。時間はたいしてかからない。

やがて恵鳳は、ソファに座り、ゆったりと寛《くつろ》いだ表情で、店内を眺めはじめた。単なる商品をチェックしている様子ではなく、愛《め》でるような眼差しだった。

人間に、そんな表情を向けたことなどないだろうに。

(少なくとも、俺よりは美術品の方が大事なんだろうな)

苦々しげに、祥悟は考える。

そういえば、恵鳳は一日に一度、たとえ十五分ほどしか時間がなかったにしても、この店に立ち寄るようだ。

よほど、彼にとって大事な場所なのだろうか……。

（そうでもないか。俺に、こんなことをしているくらいなんだからな……っ）

尻を犯す灼熱《しゃくねつ》を感じ、祥悟は表情を歪める。体内を突き回されると、自然に腰が揺れる。快楽を得ている証だ。

嫌だと思っているのに、感じてしまう。これほど屈辱的なことはない。

「すっかり、中での快感を覚えたようだな」

恵鳳は、うっすらと微笑む。

「あうっ」

深い場所まで突き入れられ、祥悟は思わず息を呑んだ。

入り口付近の方が肉筒は感じやすいが、奥まで詰めこまれた時の感覚は、また格別のものだった。肉襞の快感がどうというよりは、圧倒的な存在感に責めさいなまれ、思わず声が漏れてしまう。

「く……っ、あ……」

祥悟は眉間に皺《しわ》を寄せた。

恵鳳に揶揄される通り、祥悟は肉筒での快楽を知ってしまった。その場所を、雄の熱さでこねくり回され、燃え上がる淫靡《いんび》な歓びを。

しかし、その快楽に素直に浸ることは許されないのだ。

「くっ」

勃起した性器に、縛めが食い込みはじめる。宝石を連ねた、淫らな装飾品だ。祥悟の射精の自由を奪う役目を果たしているそれは、恵鳳が収集した宝石たちを惜しみなく使ったものだという。

恵鳳のこの小さな店では、絵画や宝飾品が一緒に取り扱われているようだ。画廊とも、宝飾品店とも言えない。

「……や、め……っ」

「やめていいのか？　おまえのここは、こんなになっているのに」

「ああっ」

性器を無遠慮に握られ、祥悟は背を反らす。快楽で膨らんだ陰嚢の、中身の硬いものの感触を、こりこりと確かめるように触られると、痛みとともに熱が湧きあがってくる。そして、射精したいという本能的な衝動も。

「すっかり濡れている。見せてみろ」

「ひ………！」

祥悟は、あられもない声を上げた。

恵鳳は、祥悟の中を貫いたまま、体の向きを変えさせたのだ。

「……う……は、あ……」

つながった腰が、太股が、がくがく震えはじめた。恵鳳の性器に絡みついていた肉襞を、振り切るように腰を回されたのだ。強烈な快楽が祥悟の脳天までを貫き、淫らな体液をどっと溢れさせた。

口唇が震えて、閉じられなくなる。

口の端からだらしない体液が溢れるが、祥悟はそれを拭うことすらできなかった。

縛めさえなければ、きっと射精できていただろう。しかし、それは許されず、間断なく性器が震えるだけだった。

恵鳳は容赦なく、体をひくつかせている祥悟の足を左右に大きく広げる。

「石が、いい色に変わっている」

下腹部を注視されていることに気が付いて、祥悟はかっと全身を熱くした。いくら嬲られ続けているとはいえ、決してそれが平気になったわけではないのだ。

「やめ……っ、見るな！」

祥悟は、思わず声を上擦らせる。

自分の性器が垂れ流した先走りが、珊瑚《さんご》、瑪瑙《めのう》、真珠、翡翠《ひすい》石など、いわくも由緒もありげな宝玉たちを濡らし、濃い色にしてしまっているのだろう。

「淫らな色に染まっている」

「ひうっ」

性器へと、柔らかな指先が這う。そうやって触れられることで、性器は敏感になり、ますます縛めも意識させられる。

「……やめ、ろ……っ、最低だな、おまえは！」

祥悟は身をよじりながら、喘ぐ。

半端に脱がされたスーツは、ぐしゃぐしゃになっている。こうして喘ぎながらも逃れられない、自分はなんて無様なんだろう。

（銃が使えたら……）

両手の枷さえなければ、きっと逃れられた。しかし、恵鳳はある意味抜け目のない男で、こうして外で祥悟と二人っきりになる時には、必ず手枷をさせられている。

祥悟はいまだ堕ちないと、彼は考えているからだろう。

（いい加減に、諦めればいい）

祥悟が堕ちないから、恵鳳が余計に執着してくることはわかっていた。それにしても、しつこすぎる。

（それほど、『手に入らないもの』が珍しいのかよ。随分、おめでたい人生を送ってきたんだな）

祥悟は口唇を嚙みしめ、恵鳳を睨みつける。

「……まだ、そんな目をするのか。その不屈の精神は、賞賛に値する」

「あうっ！」

尿道に、爪の先をねじ入れられる。尿道は繊細で、弱い管だ。こんなふうに乱暴に扱われると、ひどく痛む。出血しそうで、祥悟は怖気をふるった。

「もっと私を見ろ、その目で」

性器をいたぶり、最奥まで性器を含ませながら、恵鳳は嘯く。彼は低めの美声の持ち主で、こんな時でも声が嗄《か》れない。

「本当ならば、その瞳をくりぬいて、この店に飾りたいほどだ。……だが、おまえが生きているからこその瞳の輝きなのだろうな。惜しい」

「……変態野郎……っ」

「誉めているのに、罵られるのは不本意だ」

恵鳳の整った面差しが、すっと近づいてくる。

どういうわけか、心臓が高鳴る。

この男の顔など、見慣れているはずだ。それなのに、間近だと体温や呼吸、心音まで感じられるせいか、祥悟にはいつもと違うように感じられるらしい。

「この店は、私のささやかな宝物箱だ」

「その大事な場所で、俺にこんなことしてるのかよ、変態！」

「気に入ったものを集めた空間だ」

「それがどうした」

「……おまえは、少々情緒的に欠陥があるな」

欠陥の固まりのような男にそんなことを言われるなんて、不本意極まりない。祥悟は、冷ややかに言い捨てた。

「貴様よりマシだ！」

「情緒的側面が期待できないとなると、やはり肉体的接触しかないな」

「……うくぅ…っ」

性器をいたぶられると、後孔も反応する。咥えた恵鳳を締めつけ、彼に快感を与えてしまうのだ。

意図せず、恵鳳の快楽に仕えさせられ、不快でたまらない。しかし、感じてしまう自分の体を、とどめることもできなかった。

「物理的に……」

恵鳳は、何事か囁いたようだ。しかし、祥悟にはよく聞き取れなかった。

しかも、恵鳳はいきなり祥悟の腰を抱えあげ、つながったまま膝上に乗せる。彼はそうやって、祥悟の深い場所まで犯すことを好むのだ。

「ひ、あ……っ！」

怒張した性器に一気に入りこまれ、祥悟は掠れた悲鳴を上げた。下腹に感じる痛み、重み……熱。最後には、快楽だけが祥悟を包む。

「……くぅ、あ……っ、あ、ああ……っ！」

「おまえの根性に敬服して……。性奴ではなく、愛人として扱ってやろうか。手当は、欲しいだけ与えてやる。私のものになれ」

「誰が……っ」

祥悟は、即答した。

愛人になれば、今よりも扱いがマシになるかもしれない。しかし、目先の安寧に囚われて、自分の心を売り渡すのはごめんだ。

最後に残されたものを、祥悟は守りたかった。

「こんなことする……最低野郎の愛人に、誰がなりたいものか！」

「なるほど」

恵鳳は、怒りもしない。あっさりと、納得したように頷いた。

「そうなると、やはり私は、おまえを手元に置くためには、玩具として扱うしかないのか」

「どうしてそうなるんだ！」

「なぜ問われるのか、そちらのほうが疑問だ」

恵鳳は、祥悟の乳首に歯を立てる。小さい乳首を、引っ張るように。

「ひっ、あ……ああっ！」

胸には、まだあまり慣れていない。まずは後孔を女にするところから、調教は始まっていた。

さいなまれるのは下半身中心だ。

それほど責め苦に慣れていない場所だから、こんなふうにされると弱い。

刺激され、背がのけぞると、乳首が引っ張られることになる。ますます激しい悦楽を味わう羽目に陥り、頭がおかしくなりそうだった。

「う……、くっ、あ……！」

「おまえの乳首は、小さいな。まだまだ、調教のしがいがある」

激しく祥悟を下から突き上げながら、恵鳳は嘯いた。

「ここに、私のものであるという証を飾ってやろう。……おまえに、よく似合う石で」

「……っ、口動かすな、そのまま……！」

恵鳳が何をほざこうが、祥悟にとってはどうでもいいことだった。しかし、乳首を咥えたまま戯《ざ》れ言《ごと》を吐かれると、それだけ乳首が刺激されてしまう。

恵鳳の手で性器に変えられた孔を貫かれた状態で、乳首にまで刺激を与えられている。一度に弱い場所を責められ、祥悟はなすすべもなく堕ちていく。

「……くぅ、あ……あぁっ」

性器に食い込む宝石たちが、痛みを与えてくる。しかし、痺れるような熱も痛みも、快楽へと全てつながっていくのだ。

「あ……っ、も……や、め……ろ…っ」

「射精のねだり方は、何度も教えてやっただろう?」

「……くぅ……っ」

決して、恵鳳は先を急がない。

じっくりと、祥悟の中を溶かしていく。

灼熱の肉杭を埋め込み、中から攻略していくのだ。

「……う、は……っ、あ……あぁ……っ」

喉を震わせながら、祥悟は喘ぐ。

理性が快楽に飲みこまれる。

性器の熱さしか、考えられない……。

「い、イかせてくれ、イかせろ………っ」

「主人と呼べと、言っているだろう」

そう言うものの、恵鳳はそれ以上の屈服を要求してこなかった。口を開きかけたが、そのまま噤《つぐ》んだのだ。

かわりに、腰を大きく動かしはじめ、膝の上で祥悟の体を弾ませる。大きく熱いものが体内を出入りする強烈な快楽に、祥悟はますます堕ちていく。

「も、う、あ……あぁ……」

開きっぱなしの口唇から、とろりと唾液が滴った。

「……く、もう、い……イく……イきた……イかせて、マイ・マスター……っ」

とうとう屈服の言葉を差し出すと、はち切れそうになっていたものが、ようやく解放された。

「……ん、あ……っ、く、くぅ……！」

勢いよく、性器が爆《は》ぜる。

射精の衝撃は強烈で、味わうどころではない。すっと意識が遠のいていく。

「……本当に、おまえは……」

倒れこむ体を支えたのは、恵鳳だった。

彼は何か囁いたようだが、祥悟には聞こえなかった。頭の中が真っ暗に塗りつぶされ、そのまま気を失ってしまった。


（……満足できない）

気を失った祥悟の体を膝の上に抱えこみ、恵鳳は髪を撫でていた。

初めて抱いた時には、決して手入れがよくなかった。今は恵鳳が身の回りに目を配っているので、柔らかな手触りになっている。

触れていると、指先が心地いい。

それにしても、祥悟を抱けば抱くほど、満たされない気持ちが高まっていくのはなぜだろうか。

（……快楽に堕ち、私を主人と呼ぶ。しかし、それだけでは物足りない。この男にどれだけ服従の台詞《せりふ》を強いても、私に堕ちたわけではないからか）

愛人になってみないかと誘ったのも、彼を試したかったからだ。絶対に恵鳳に屈しないという
その決意を。

結果、拒まれた。

祥悟の性格なら、拒むだろうという予測はついていた。早く服従すれば楽だったのに、ここまで抗い、さらなる屈辱を与えられてきたほどなのだから。

馬鹿ではないのだと思う。だから、屈辱が深まるということを覚悟の上、なんらかの信念があって、恵鳳に実りのない反抗を繰り返している。

そんな相手だからこそ、恵鳳もこだわってしまうのかもしれない。

祥悟のような相手に会うのは、生まれて初めてだった。

こんなにも強く、恵鳳を拒む相手は。

恵鳳は、生まれた時から何も望むことはなかった。人生は義務だ。それを投げ捨てることは誇りが許さず、己の立場にふさわしい者であるよう生きてきた。

（この店くらい、か）

恵鳳は、店内を見回す。

そこには、恵鳳が集めた大事なものたちが集められている。一応、店として営業はしているが、それは己の集めた美しいものたちを、同じように美しさを理解できる相手に広めてやるためだった。

恵鳳の、大事な宝。

いついかなるときも、その美しさも価値も変わらない、永遠のものたちだ。

ここに人間を飾りたいと思ったのは、初めてだった。

「……早く目を覚ませ」

祥悟の顔を覗きこみ、恵鳳は呟く。

彼の瞳で見つめられるのは、心地良い。連れ歩いているのも、そのためだ。

恵鳳の情報を摑もうとしているのか、祥悟は外にいると、ひときわ熱心に恵鳳を見つめてきた。それがよくて、たまらないのだ。

(もっと、私を見ればいい。その黒い瞳で)

祥悟がどういう人間なのか、恵鳳は知らない。しかし、その瞳の輝きには惹《ひ》かれるものを感じた。

「……おまえは、私を拒み続けるのだろう。そうなると、私は物理的におまえを縛りつけるしかないな」

祥悟が屈するか、恵鳳が諦めるか。二人の間では、いつしか意地の張り合いという名のゲームが行われていた。

退屈しないゲームだ。

しかし、祥悟はきっと知らない。このゲームに、恵鳳が負けることはないことを。

うっすらと笑った恵鳳は、そっと祥悟の額へと口づけたのだった。

6

恵鳳《けいほう》が、眠っている。

彼がうたた寝をしている姿を見るのは、初めてだ。祥悟《しょうご》は、まじまじと見入ってしまった。祥悟と恵鳳は二人っきりで、恵鳳の小さな店の中にいた。恵鳳はいつもどおり、ソファに腰を下ろし、満足げに店内を見回していた。

祥悟はそんな彼の傍らで、仕方がないから大人しくつきあっていた。肩を抱かれた状態で、身動きはとれなかった。手をはねのけることはできるかもしれないが、どうせこの部屋からは逃げられない。

凌辱《りょうじょく》されているならばともかく、二人で肩を並べて、穏やかな時間を過ごしている。何も、事を荒立てることはない。そう考えて、祥悟はソファに収まったのだ。

日頃《ひごろ》、こんな時間が流れることは滅多にないのにと、皮肉に感じながら。

恵鳳のしなやかな黒髪が、最初は肩にかかった。ところが、そのまま体勢を崩していってしまい、今は祥悟の膝《ひざ》に頭を乗せるような体勢になっている。

絹糸のような髪に、祥悟はそっと触れた。柔らかい感触だ。彼は、体の隅々までがよく手入れされている、精巧な人形のようだった。

　性奴にされた祥悟が思うようなことではないのだろうが、彼には生身の欲望を感じさせないところがあるのだ。

　その彼が居眠りするなんて……。

　いったい、どういう風の吹き回しだろう。

（……疲れているのか）

　彼を起こすか、起こすまいか。

（いや、起こす必要はない）

　いっそ、このまま逃げだしてやりたい。そう考えたものの、祥悟は諦《あきら》めるしかなかった。この店には窓がなく、出入り口には彼のボディガードが張っている。

（それにしても、俺《おれ》の前でうたた寝するとは思わなかった。……それほど、疲れているってことなのか）

　恵鳳が経営しているらしい会社に比べれば、ずっと小さな美術品を集めた店。

　そこは、恵鳳にとっては大きな意味を持っているらしいということに、祥悟は気がつきはじめた。

　どれだけ忙しくても、恵鳳は必ずこの店に立ち寄っている。彼は多くは語らない。でも、大事な場所なのだ。

(……もしかしたら、本当はこういう仕事をしたかったんだろうか)

金持ちの道楽というより、もっと切実な感情が恵鳳からは感じられる。

恵鳳はあいかわらず「そんなに私を知りたければ、よく見ているがいい」としか言わないのだが、祥悟にも少しずつ彼のことがわかりはじめていた。

彼が経営している会社は、政府にもつながりがあるほど、政財界での立場が強い。会食相手は錚々《そうそう》たる顔ぶれで、国内外問わず、重要人物が多いようだ。

そして、彼が住んでいる広大な屋敷は古式ゆかしく、由緒ある家柄だということが見てとれる。

祥悟が自由に情報を集められる立場なら、もっといろいろなことを調べられる。見聞きした単語は、心にしまっているからだ。

しかし、実際には恵鳳に外とのアクセスを禁じられているため、ろくなことはわからないのだが。

(老舗《しにせ》企業の、何代目かの社長ってことか?)

妥当な結論だとは思う。

しかし、本当にそれだけだろうか。

あのいかがわしいオークションに顔を出し、人前で堂々と祥悟の体を嬲《なぶ》れるくらいだ。そもそも、普通の常識の中で生きているかどうか、怪しい。

「……どうした、寝首をかかないのか」

目を閉じたまま、いきなり恵鳳が口唇を動かしたので、祥悟は驚いて手を引っ込めた。それまで、彼の髪になんとなく触っていたのだ。

「起きていたのか！」

「つい先ほど。……少し気が抜けたようだ」

恵鳳は、独り言のように言う。

心なしか、表情には戸惑いがあった。気が抜けた、ということ自体に対してか。それとも、傍《そば》に祥悟がいるのに、という意味か。それは、わからなかったけれども。

「疲れているのか」

つい問いかけてしまったのは、恵鳳の整った面差しが、いつも以上に白く見えたせいだろう。

恵鳳は、口の端を吊《つ》り上げた。

「なんだ、私が心配か」

「違う」

ひと言で、祥悟は彼の言葉を否定した。

「そんなに疲れているなら、俺を引っ張り回さなけりゃいいだろ」

「なぜだ」

「余計な体力を消耗している」

「余計かどうかは、主観に拠《よ》るだろう」

「……なっ」

避ける暇すら、与えられない。いったい、細身の体のどこに力があるのか。恵鳳は強引に、祥悟をソファへと押し倒した。


「ひぅ……っ」

性器を握られると、逃げられない。背中をしならせ、祥悟は息を呑《の》みこんだ。

力任せに握られると、縛《いまし》めに使われている宝石が性器に食い込む。

痛いはずなのに、それがむずがゆさにかわり、やがて快楽になっていく。痛いほうがましだった。快楽は恐い。我を忘れてしまうから。

「……うっ、は……くぅ、や、やめ……!」

「……気づいていたか？　この場所は、私が気に入っているものを、好きなように愛《め》でるために作らせていることを」

祥悟に折り重なりながら、恵鳳は嘯《うそぶ》く。

「だから、おまえのことも……」

気取った囁《ささや》きには、耳を塞《ふさ》ぐ。

(……どうせ、退屈しのぎなんだろう?)

冷ややかに、祥悟は考える。

思うに、恵鳳は人生に退屈していたのだ。何もかもその両手に持っていて、失うことを知らないから。

そこに、思い通りにならない祥悟が現われた。本来性奴という立場なのだから、当然、いつもの通り恵鳳の意のままになるはずだったのに。

だから、こんなに関心を持たれてしまったのではないか?

それでは、本当の好意などとは言えない。

それどころか、失礼すぎる。

(最低だよ、あんたは)

恵まれすぎていて、気がつかないだろうが。

彼が持っているものは、他の誰《だれ》かが羨望《せんぼう》してやまず、求めても与えられないものたちだということを。

「不満そうな表情をしているな、祥悟」

恵鳳は、ひそやかに笑った。

「おまえは、私が何を言っても、そういう顔をしている。瞳の輝きが、変わることはない。

……そのくせ、最近は抵抗することがなくなったな。本心から、私に従っているわけではないくせに」

「呆《あき》れているんだ」

祥悟は、これ見よがしに溜息《ためいき》をついた。

体には、火がつきかけている。本当は、恵鳳の体温を感じるだけで、身じろぐ体をもてあましている。

しかし、そんな自分のあさましさには、蓋《ふた》をしてしまう。

決して、認めたくない。

まるで恵鳳を求めているかのように、体が疼《うず》いているなんて。

(これが調教の結果なんて、冗談じゃないぞ……！)

悔しさのあまり、歯ぎしりしてしまう。

恵鳳に与えられた激しすぎる快楽が、自分を変えたなんていうことは、絶対に認めたくなかった。

感じている体を切り捨てるように、祥悟は頑《かたく》なになった。

そして、きつく恵鳳を睨みつける。

「ふうん？」

恵鳳は、相変わらずどこ吹く風だ。

この男には、祥悟が何を言っても無意味だとしか思えない。

「他人を退屈しのぎにする、あんたの人間性の貧しさを、哀れんでいる」

「本当に生意気だな。この口は」

「つ……っ」

噛《か》みつくように、キスされる。

愛咬《あいこう》は深くなっていき、湿った音が響きはじめる。無遠慮に口腔《こうこう》へねじこまれた舌を噛めないのは、性器を握りこまれているせいだ。

恵鳳はいざとなったら、祥悟の性器を痛めつけることをためらわない。不服従の罰として。

痛みだけなら、祥悟は怯《ひる》まないだろう。むしろ、甘んじる。

恐ろしいのは、痛みが快楽に変わる瞬間だ。

激しい快楽は、祥悟の心を壊す。頑なに閉ざし、恵鳳の侵入を拒んでいるのにもかかわらず、快楽の前でだけは弱くなってしまうのだ。

「……く……ふ…っ」

ぬちゅ……っと濡《ぬ》れた音を立て、恵鳳は口唇を浮かせた。まだ、息を感じられる距離で、彼はかすかに口唇を開いた。

「……退屈しのぎがあるのは、悪いことじゃない」

彼は、掠《かす》れた声で囁いた。

「変わらないものを眺めていると、気が休まるしな」

「変わらないもの？」

「美術品の価値も美しさも、永遠だろう？」

思えば、彼とこんなふうに会話が成り立つのは初めてだ。

祥悟は意識して、恵鳳との間に壁を作ろうとしていた。

しかし、恵鳳は違う。もっと自然体で、他人との間に見えない壁を巡らしているように見えた。

それが、祥悟だろうが。

それ以外の相手だろうが。

祥悟にとって恵鳳は、まったく不可解な相手だ。しかし、今、初めて彼の心の奥を覗《のぞ》くことができた気がした。

この店にいるときの恵鳳は、確かに肩から力が抜けているのだろう。

好きな場所というのも、本当のようだ。

（本当に、こいつはどういう人間なんだ？）

別に、知りたくもない。

できれば、さっさとおさらばしたい相手だった。

けれども、なぜか気にかかる。こうして、傍にいる時間が長いからだろうか。深く交わる、唯一の相手だからだろうか……？

なんにしても、祥悟とは相容《あいい》れない価値観の持ち主のようだ。

(永遠、か)

視線を、店内にさまよわせる。

祥悟には価値がわからない、絵画や、宝飾品たち。これが永遠？　そんなはずはない。

「……永遠なんかない」

祥悟は静かに呟《つぶや》いた。

「燃えてしまえば、全て終わる」

「灰燼《かいじん》に帰す、ということか。……おまえらしくない考え方だな」

「俺の何が、あんたにわかるって言うんだよ」

知ったかぶりをするなと、祥悟は吐き捨てた。

「随分、悲観的な考え方のようだが」

「事実だ。燃えてしまえば、結局終わり。最後に残るのは、人間だけだ」

「……なるほど。それが、おまえの根底にあるものか」

興味深げに、恵鳳は瞳を覗きこんでくる。

「美術品の、何が永遠か。おまえにはわかっていないようだな」

恵鳳は、小さく笑う。

嫌味っぽいというよりは、幼い子供に教え諭すような表情だった。

「何が」

「永遠なのは、美術品そのものではない。価値だ」

「価値？」

「私の心をとらえたという……」

「……っ」

再び、深く口づけられる。

舌でまさぐられる口腔、やがて指を差し入れられた後孔が、祥悟の体を快楽へと堕《お》としていった。


怒張した性器を押さえつけられると、痛みと背中合わせの快楽が沸き上がる。亀頭の窪《くぼ》みに浮かぶ雫《しずく》が、肉幹を伝うように落ちると、それだけで感じる。押さえつけられていなかったら、腰はもっと淫らに、何度でも大きく撥《は》ねただろう。

「う……っ、くぅ…」

性器への直接的な快感は、やはり強烈だった。祥悟は息を殺そうとするが、無駄に終わる。

「……どうして我慢しようとする？　私しか聞いていない」

「あっ」

「聞かせろ、声を」

「や…め……っ」

口唇をこじ開けるように指をねじこまれ、祥悟は声を詰まらせた。

「おまえは私の手の内にいる。……そのくせ、私を拒むのか」

「奪われているのは、体の自由だけだ」

「まったく、おまえは面白い男だ」

く……っ、と喉《のど》の奥で笑った恵鳳は、少しだけ体を起こした。

そして、スーツの内ポケットから、何かを取り出す。

「そんなおまえに、似合いのアクセサリーを用意した」

恵鳳が取り出したのは、ジュエリーケースだった。もったいぶるようにその蓋《ふた》を開けた彼は、中から小さいが鋭く輝くものを取り出した。

「それは……」

「ダイアモンド。……『征服されざる者』だ」

恵鳳の白い掌《てのひら》に、小さな粒が載っている。鋭い輝きは、ろくに本物を見たことがない祥悟にも、まばゆく感じられた。

「飾ってやろう」

「な……っ」

祥悟は息を呑んだ。

胸に、きつい痛みが走る。

「ひっ、やめ……！」

制止の声を上げたところで、恵鳳が止《や》めるわけはない。彼は、祥悟の胸へと、ダイアモンドの飾りをつけた。

「……っ」

「思ったとおり、よく似合っている」

「ふざけるな！」

祥悟は恵鳳の腕を払うと、そのまま胸のダイアモンドをとろうとする。

それはどうやら、クリップ式になっているらしい。柔らかい突起を摘み、強制的に勃起《ぼっき》させていた。

ところが、恵鳳はそれをさせてくれない。祥悟の性器を掴《つか》みあげ、ゆるゆると扱《しご》きはじめた。

じゅっと、亀頭が潤みだす。

淫らな涎《よだれ》が、また溢《あふ》れはじめたのだ。

「……っ」

祥悟は表情を歪《ゆが》めた。

力が入らなくなる。呼吸が荒くなった祥悟の首と腕に、あの忌々《いまいま》しい枷が取り付けられる。

そして、クリップの圧迫は、そうしている間にも強烈になっていく。最初の痛みを通りこし、疼きは快楽へと変わりつつあった。

鋭い痛みが、祥悟の両胸を苛《さいな》む。

クリップの力は、絶妙だった。ちぎれると錯覚するほどには強くないが、しっかりと摘まれているのがわかる。

小さなクリップだ。乳頭だけが飛び出し、ぷくっと丸くなっている。付け根にぐっと力が入り、歪められ、先端に血が集まっているかのように、じんと痺《しび》れた。

「真っ赤になったな」

恵鳳は舌先で、乳頭を舐《な》めた。

「く……あぁっ！」

強烈な快感が、祥悟の全身を貫く。

足の指の先まで、ぴんと張った。力が籠《こ》もりすぎて、体が強張《こわば》ったように動けなくなる。

摘まれている部分に、全ての意識が集中していくようだった。

痺れ、腫《は》れ、熱くなっているかのような乳首。祥悟はもう、乳首のことしか考えられなくなる。

「……あ……あぅ……」

祥悟は大きく背を反らした。

「いい反応だ。……そんなにここが好きか?」

「う……っ、や……め…っ」

腫れあがった乳首を、舌がちろちろと這《は》い回る。それだけで、とても感じてしまう。ぴくぴくと、先端が痙攣《けいれん》しているのがわかった。

乳首から生まれる熱は、全て下半身に流れ落ちていき、勃起の勢いを増していこうとしていた。

祥悟の肉茎から、淫らな体液が溢れ続ける。止らなくなっていた。壊れてしまったかのようだ。

「漏らしているようだな」

「ああっ!」

亀頭を親指が這い回る。その部分は敏感すぎて、弄《いじ》られるとひりひりとした痛みすら感じられる。流れる体液を逆に押し込み、塞ぐように、小さな尿道の穴を責められて、祥悟は小さく悲鳴を上げた。

「乳首が好《よ》すぎて、ペニスまで激しく反応している。はしたないな。まるで、呼吸でもしているかのように、尿道の口が開閉している」

「……な、見るな……!」

祥悟はがむしゃらに恵鳳を押しのけようとする。

「やめろ……っ」

でも、ろくに体が動かない。実際には、強烈な快楽に耐えかねて、指先がもがくだけで終わってしまっていた。

「……まだだ」

恵鳳は祥悟の性器を摑むと、ふと手をテーブルに伸ばし、右手で何かを探っている。

先ほどのジュエリーボックスだ。今度は一体、そこから何が取り出されるのだろうか。そんなつもりはないのに、祥悟の体は自然に戦《おのの》いてしまった。

「ここにも、飾ってやろう」

「ひぃっ!?」

祥悟は目を大きく見開いた。

だらしなく開き気味になってしまっている尿道。そこに、何かがはめ込まれたのだ。

恵鳳の掌で、輝きを放っているのがわかった。おそらく、それもダイアモンドだ。祥悟の体を淫らに飾るためにある……。

「ぴったりだな」

「あ……あぅ……あ………あぁぁ………っ」

祥悟はとうとう、物も言えなくなった。

細い尿道に、何かピンのようなものがはめられたのだ。その先端が、ダイアで飾られている。まるで、はしたない性器から溢れ続けている、体液が丸い雫を作っているかのごとく。

「これでも堰《せき》止められない……か。気持ちよさそうに、溢れさせている」

「……うく…ぁ、あ……ああっ」

下腹が、大きく痙攣する。

達することを許されない性器は、かろうじて先走りを溢れさせることだけ許されていた。しかし、恵鳳はそれすらコントロールしようと言うのか？

でも、押し込められたものでは、完全に体液を塞ぐことは無理なようだ。清水のように、縁から湧《わ》こうとしているのがわかる。

「……ひ……ひゃあ……あ……っ」

声を抑えることができない。

もはや言葉にならない悲鳴交じりの喘《あえ》ぎ声を、祥悟は漏らし続ける。

理性も何も、失せている。感じやすい部分を二箇所も責められて、到底正気が保てるはずもなかった。

「乳首も、ペニスも、よくてたまらないんだな。……では、ここはどうだ？　私が女にしてやった場所は」

「ひぃ……っ、あ……ああ!!」

指を後孔にねじこまれ、祥悟は悲鳴を上げた。

ひくつく孔は、男に慣れている。恵鳳が言う通り、彼の手によって女の性器と同じ機能を果たすように造りかえられた。

しかし、所詮《しょせん》自ら濡れることはない、か弱い穴なのだ。いきなり挿入されると、擦過傷でもできたかのように痛む。

しかし、すぐに快感へと変わる。

「締め付けてくるな。……知っていたか？　おまえは絶頂が近くなると、よく食い締めてくるんだ。それから、尻《しり》を叩いてやった時に。いつも、ああやって私を歓《よろこ》ばせてくれればいいと思っていたが……」

指を抜き差ししながら、恵鳳は掠れた声で囁いた。

「……これからは、ずっと乳首をダイアで飾っておいてやろう。よく似合っているし、私にとっても都合がいい」

「あ……っ、あぁぁっ、あ、あ……！」

体内を蠢《うごめ》く指が、感じやすい場所を探りだした。前立腺《せん》だ。そこを弄られると、反則じゃないかと思うくらい、祥悟は感じてしまい、どうしようもなくなる。

おまけに恵鳳は、再び乳頭を舐めはじめたのだ。

「……ひぁ、あ……いや、やめてくれ、やめて……っ」

とうとう、大粒の涙が溢れはじめた。

達することを許されない性器も、追い詰められた乳首も、どちらも感じすぎて辛すぎる。

何も考えられない。

祥悟の頭を占めはじめたのは、射精への本能だけだ。

とうとう、恥知らずにも嘆願してしまう。

「……ねが、い……おねがい、いきたい、イきたい、イかせてくれ！」

「そのねだられ方は、好きじゃない」

恵鳳は冷たく一蹴《いっしゅう》した。

「あんなに、いろいろ教えてやってきただろう？」

「う、はひゃぁっ、あ、ああ……！」

体内で、指を折り曲げられる。前立腺に、指が食い込みそうになるほど、強く。

性器は暴発しそうだった。しかし、射精できない。縛められ、先端にはダイアモンドのピンがはめられているのだ。

「……ひ、ひぅっ、い…痛い、壊れる、こわれる……！」

「壊れても構わない」

恵鳳は、そっと耳打ちをする。

「たとえ壊れても、私がおまえを引き受けてやる」

「あ……あぁぁっ」

容赦なく前立腺を押される。欲望が、どっと噴きだそうとした。勿論《もちろん》、それは叶《かな》わない。空しい熱が、祥悟をさらに狂わせていく。

「……っ、く、ひぅ………」

「……おまえの身を飾るに相応《ふさわ》しいのは、珊瑚《さんご》だの瑪瑙《めのう》だの、そういう柔らかい石ではないな。やはり、ダイアモンドがいい。鎖もプラチナに替えて、さらにきつく食い込むように、細いものを誂《あつら》えよう」

恵鳳は、さらに祥悟を追い詰めるようなことを言っている。しかし今の祥悟は、彼の言葉を理解できる状態ではなかった。

「もう…や………ぁ…………」

ぽろぽろと大粒の涙をこぼしながら、祥悟は恵鳳に縋《すが》ってしまう。

「いきたい、イかせて……!」

「違うだろう?」

いつになく優しく、恵鳳は囁いた。

「おまえのような性奴に似合いの、懇願の言葉は教えてやったのに。さあ……」

震え続けている祥悟の口唇を探るように、恵鳳は言う。そして彼は、卑猥《ひわい》な服従の台詞《せりふ》を囁こうとしたのか、口唇をかすかに上下させた。

しかし、なにやら気が変わったのか、ふいに口唇を閉ざす。

そして、耳朶《じだ》と口唇が触れるほどの距離まで、祥悟に顔を近づけた。

「……ワンパターンは飽きるな。私もそろそろ、それでは満たされなくなってきていた頃だ。どうせおまえが正気に戻ったら、意味がない。そうだろう？」

目を細め、恵鳳は祥悟の顔を見つめる。涙に濡れた、祥悟の瞳を覗きこんでくる。

「どうせ意味がないなら、もっとくだらないことを言ってみろ。そうだ、たとえば……」

彼の言葉は、とてもシンプルだった。

今まで教えこまれてきた、どんな淫らな台詞とも違う。

祥悟は当然、その意味が考えられない。

今まで、快楽に負けて吐いてきた数々の卑猥な言葉と同じように、命じられたキーワードを繰りかえした。

「あ……」

「……悪くないな。もっと言ってみろ。今から挿入してやるから、私が達するまで繰りかえせ。そうしたら、おまえのこともイかせてやるから」

「……う、く……っ」

口唇の端から溢れる欲望の雫とともに、祥悟はその言葉を繰りかえす。がむしゃらに、解放の呪文《じゅもん》を。

祥悟にとって、その言葉には意味がない。

何を言っているかすら、自覚がないのだ。

しかし、恵鳳はうっすらと笑みを浮かべた。

いきなり、彼は哄笑《こうしょう》した。らしくもない、大きな声。とても彼らしい、皮肉な笑みを浮かべながら。

「これは痛快だ」

出し抜けに、恵鳳は祥悟から指を引き抜いた。そして、まるで苛立ちでも晴らそうというかのように、荒々しく猛《たけ》った性器で後孔を貫く。

「あ……あぁぁっ！」

新たな衝撃に、祥悟は身をよじり、悲鳴まじりの嬌声《きょうせい》を上げる。多少乱暴なことをされようと、熟れた体内は感じることができた。

「……よく締めるな。その調子だ」

祥悟へと激しく腰を打ち付けながら、冷酷に恵鳳は命じる。

「だが、口のほうがお留守じゃないか。ほら、言うんだ。教えた通り」

「……あ……、あ……」

口唇に触れられ、促されるまま、祥悟は声を張り上げた。まともに声にはならないけれども、口唇がその言葉どおりに動けば、恵鳳は満足のようだ。

「……あ……っ、恵鳳！」

祥悟が掠れた声を振り絞ると、最奥まで性器が突き入れられる。細すぎる場所だ。亀頭の太さに無理やり広げられてしまったせいで、その形がはっきりわかるほどに。

今までになく、深くまでつながった。

「はう……あ……っ」

体内の空洞が、みっしりとした熱い肉で埋められる。漲《みなぎ》った欲望の迫力に、祥悟の全身は大きく震えた。

ひときわ激しく、恵鳳は腰を使いはじめた。

粘膜の摩擦により生まれる熱は、乳首や性器への苛み以上の快楽になる。祥悟は本能のまま、法悦を漂った。

「ん……っ、あ……、あ……っ」

壊れた再生機のように、同じ言葉を繰りかえし続ける。

恵鳳に教えこまれた通り。

「祥悟……」

掠れているせいか、切なげにすら聞こえる声で、名前を呼ばれた。

こんな最中に、そんなトーンで名前を呼ばれるのは、初めてのことだった。だいたい、普通に名前を呼ばれることすら、まれなのに……。

「……っ、あ……！」

後孔がきつく窄《すぼ》まる。

その瞬間、祥悟の体内を熱い飛沫《しぶき》が満たした。

「……ひっ、あ……、で……出た……っ」

恵鳳が射精した。

祥悟の熱い肉は、彼の欲望を受け止めたのだ。

祥悟は無意識のうちに、快楽の涙で濡れた瞳を恵鳳に向ける。

これで解放されるのだという期待をこめて。

恵鳳は、掠れた息をつき、祥悟の腕を縛めから解放した。

「私の背中に腕を回したまま、じっとしているがいい。……そう、さっきと同じように囁きながら」

「……ん……っ」

性器を優しくくすぐられ、祥悟は大きく震える。ようやく引き抜かれたダイアモンドのピンは、尿道から抜かれる瞬間、銀色の糸を引いた。

「……う、ふく……う……っ」

下半身が、がくがくと動いている。

いまだ恵鳳の性器は咥《くわ》えたままだ。体内で萎《な》えていたはずのものは、祥悟が腹に力を入れた瞬間、また張りはじめてしまう。

欲望には、終わりがないかのようだった。

ゆっくり、時間をかけながら、恵鳳は祥悟のペニスから縛めを解いていく。

「イっていいぞ。ほら……」

口唇に触れられ、またもや条件づけられた言葉を囁くように促された。

「……くぅ、あ……あ、あ……っ」

許しを与えられた途端、祥悟の熱は弾《はじ》けた。

限界をとうに過ぎていた性器は、断末魔の痙攣と共に、白濁を吐きだしたのだった。


「心は望めない。ならば、こうして物理的に捕らえるしかなかろう？」

恵鳳は、嘯いた。

祥悟の乳首には、まだダイアモンドが輝いたままだ。萎えた性器にも、一度は抜いたものをまた飾ってやる。

よく日焼けした彼の肌に、白い輝きは映えた。

自分のコレクションの中でも、特に可愛がっていた石で作ったが、後悔はなかった。まるで、祥悟の体を飾るための輝きのようで、恵鳳は満足した。

ぐったりと倒れ伏した祥悟は、完全に気を失ったようだ。あられもない肢体をさらしたまま、恵鳳が性器を引き抜いてやっても、口づけても、髪を撫《な》でても、ぴくりとも動かない。

征服されざる者。

……そこが、途方もなく魅力的だ。

祥悟は、永遠などないのだという。恵鳳も、まったく同意見だ。だからこそ、美術品が好きだった。

たとえ灰燼《かいじん》になろうとも、最初の感動を裏切られることはない。なくしたものも、ただ惜しむことができる。

それは、恵鳳にとっては、人には望むべくもない感情だったはずだ。人は裏切るものだ。去りゆくものだ。恵鳳に、何も残さない。

しかし、そんな恵鳳の前に、この男が現われた。祥悟という存在が。

(……おまえだけが、違う)

恵鳳は、祥悟の顔を覗きこむ。

傍にいればいるほど、彼への関心が増していく。

変わることのない、彼への。

(私の腕の中で、逆らい続けるがいい)

祥悟は、どれだけでも抗《あらが》い、逆らえばいいのだ。
幾重にも、縛りつけるから。
たとえば、この小さな店に詰めこんだ宝物たちのように。

7

我ながら、環境に対する柔軟性は高い。

そこがどんな場所であろうと、貪欲《どんよく》に生きようとする力が自分は強いのだと祥悟は思っていた。

(だから、今の生活にも慣れてきているんだろうな。無理やりさらわれて、奴隷扱いされてるってのにさ……)

傍らの恵鳳の顔を見つめながら、祥悟は考えていた。

彼が趣味で経営しているらしい小さな店を、二人は訪れていた。

勿論、外には他のボディガードもいる。しかし恵鳳はいつでも、店内に入れるのは祥悟だけと決めているようだ。

実質、祥悟はボディガードなんかではないのだ。

(俺が自棄《やけ》になって、おまえを撃って逃げるとは思わないのかよ)

持たされている拳銃《けんじゅう》の重みを感じながら、祥悟は考える。

自由を奪われ、彼の欲望の対象にされる生活には変わりがない。今も、スーツの下には恥辱の拘束の証《あかし》がつけられている。

乳首はダイアモンドがはめこまれたクリップで苛《さいな》まれ、尖《とが》り、腫《は》れ上がっていた。

それでも、最初の頃よりは慣れが出てきたのか、先端がシャツと擦れても、下着が濡れることを気にしなくてすむ。

慣れないうちは、本当にひどかった。擦れるだけで感じてしまい、下着には淫らな染みを作りつづけていたのだ。

さらに、クリップにつながっているプラチナの鎖は、祥悟の性器を締め付け続けている。

性器を根元から縛りあげているその鎖は、先端に小さな輪がついていた。

その輪を二つ重ね、止めるかのように、ダイアモンドのピンが尿道にはめこまれている。粘膜は弱く敏感だから、はめこまれている物の感触が、常に祥悟の体を煽《あお》っていた。

祥悟のセックスをコントロールすることで、恵鳳は支配欲が満たされるのだろうか?

祥悟には、彼の気持ちがよくわからない。

しかし、最初はただの性奴として扱われているだけだと思っていたが、恵鳳の自分への執着は、自分が考えているよりも強烈なのだろうかと、最近は感じるようになってきた。

自分が好きな時に好きなように嬲りたいからだろうとも思うが、恵鳳は片時も祥悟を手放さない。そんな扱いをされている人間は、祥悟しかいなかった。

最近、恵鳳は祥悟を辱めることは止めなくても、監禁は止めた。彼の屋敷の中なら、自由に出歩くことが許されている。

それで気が付いたのだが、恵鳳の屋敷には他には使用人しかいない。家族というものの痕跡《こんせき》を、一切感じないのだ。

それどころか、これだけ祥悟が一緒にいるにもかかわらず、彼はプライベートで出かけるということがまずなかった。

友人らしき影もない。

(この店は趣味で経営しているんだろうけどな)

祥悟には価値がわからない美術品の数々に、恵鳳は執着している。

いっそこの店にいるときに、なんとか放火でもしたら逃げられやしないだろうか? そう考えることはあるのだが、実行に移せないままだ。

集められた美術品たちは、主人を選べない。恵鳳なんかに蒐集《しゅうしゅう》されているせいで、灰にすることがためらわれるのかもしれない。

(……俺も似たような立場だしな)

好きで、この場所にいるわけでもない。

強引に奪いとられ、そして縛りつけられている。

しかし、人間は生きる場所を選べるとは限らない。むしろ、選べる余地が残されていることは大きな幸いだ。

そのことを、祥悟は骨身に染みて知っていた。

恵鳳の元での拘束生活に馴染《なじ》みつつあるのは、そんな祥悟の根底にある考え方ゆえなのかもしれない。

そして、全身で拒んでいた恵鳳に対して、個人的に興味が湧いてきたことも。

(どうも気にかかるんだよな。この男のことが……)

一緒に過ごす時間が長いと、わかってくることもある。

社会的な立場など、外部からの情報が一切入らないせいで、一人の人間として恵鳳を捉えることができているのかもしれない。

人を人とも思わない男。機械的に仕事をこなし続けて、プライベートというものを必要としていないようにも思える。

でも、この店に執着する彼の姿には、もっと違う一面を感じてやまない。

そして、祥悟を捕らえ続ける意味にも。

相変わらず、恵鳳は自分のことは何も語らない。祥悟のことも聞かない。征服する者とされる者としての関係は続いている。

それでも、確かに傍にいる。そして、お互いの距離が近づき、壁がなくなっているように感じる瞬間も、確かにあるのだ。

「……それで、おまえたちとしては、心当たりがないと言うわけか」

静かな恵鳳の声で、祥悟ははっとした。

ゆったりと長椅子《いす》に腰を下ろしている恵鳳の前には、二人のメイドがいる。店の清掃をしている女だという。

片方は中国人だろうが、もう一人は東南アジア系だ。言葉もたどたどしいし、出稼ぎ労働者だろう。

香港《ホンコン》では、メイドとしてフィリピン人を雇うことが珍しくなかった。彼女も、その一人かもしれない。

「はい、ありません」

はきはきとした広東語《カントン》で、中国人メイドは主張する。

「怪しいとしたら、この人です。フィリピンからの出稼ぎメイドは、これだから信用できない」

彼女は、じろりとフィリピン人メイドを睨みつけた。

「わ、私、知らない、知らない……っ」

睨まれたフィリピン人メイドのほうは、必死で頭を横に振る。

「仕送りのお金が欲しくて、やったんでしょう？　言葉もろくにできないくせに、出稼ぎになんか来なければいいのに」

中国人メイドは、冷ややかな視線をフィリピン人メイドに向けていた。

「……っ」

フィリピン人メイドは、今にも泣き出しそうな表情になる。

（……たまらないな、こういうのは……）

祥悟は胸を痛めた。

この店で、どうやら宝飾品の一つがなくなったらしい。

状況から見て、ルームクリーニングに入っている、この二人のメイドのうちの一人がやったらしいという話になったようだ。

それで、恵鳳が直々に話を聞くことになった。

この店の商品に対する、恵鳳の思い入れは祥悟も知っている。だから、心配だった。なにせ、人を人とも思わない男だ。立場の弱いメイドたちに、何をするかわからない。

しかも、中国人は同胞意識が強い。フィリピン人メイドのことが心配になる。

日本にいる、知り合いの外国人出稼ぎ労働者たちの顔が思い浮かんだ。

彼らもまた、立場が弱かった。外国人という理由だけで、職場でのトラブルを全て押しつけられたりすることもある。祥悟も、あれこれ相談に乗ってやったりしていた。

（あいつら、大丈夫かな）

今の祥悟には、何もできない。

警察側が祥悟を踏み台にしたことと引きかえに、約束を守ってくれていればいいのだが……。

恵鳳に虐げられながらも、勿論祥悟の胸には常に、日本への想いはあった。日本にいる、大事な友人知人たちを想う気持ちが。

目の前の、フィリピン人メイドの泣き顔に、彼らの姿が重なる。

異国で寄る辺なく生きていかなくてはいけない辛さは、祥悟も身に染みているから。

彼女を庇《かば》おう。そう、祥悟は思った。

自分の友人知人たちに、そうするように。

なにせ恵鳳という男は、人間よりも美術品の方が大事だと言い放ったところで、まったく不思議ではない人格の持ち主なのだ。

何をしだすか、わかったものではない。

弁償しろ、無理ならおまえを売り飛ばす、だとか、ありとあらゆる無理難題をふっかけても不思議ではなかった。

「恵鳳……」

話はゆっくり聞いてやれよと言いかけた祥悟だが、その前に恵鳳が口を開いた。

「バーリッタ。無理に広東語は使わなくていい。タガログ語で話しなさい。そのほうが、説明しやすいだろう」

彼は、流暢《りゅうちょう》なタガログ語でそう言った。

（え……っ）

祥悟は面食らう。

確かに、タガログ語は比較的簡単だ。実際、祥悟も外国人たちとの付き合いの中で、なんとなく理解できるようになっていた。だから、恵鳳が話せても不思議ではない。

それにしても、何事も傲慢で、人の話を聞かないような彼が、そんなことを言い出すとは思わなかった。

使用人なんて、人間扱いをしていないように見えるのに。

「ありがとうございます、旦那様《だんなさま》！」

バーリッタというのが、彼女の名前なのだろう。嬉《うれ》しそうな笑顔で、フィリピン人メイドは言う。

中国人メイドは眉を顰《ひそ》めているが、恵鳳は彼女に対しても、咎《とが》める素振りは見せなかった。

祥悟は驚きもあらたに、恵鳳の端正な横顔を見つめた。


結局、宝飾品は出てこなかった。アンティークの耳飾りが一揃《そろ》い。しかし結局恵鳳は、「これからも仕事に励んでくれ」とだけ言って、二人のメイドを解放したのだ。

しかも、中国人メイドのほうには「私が雇った人間をもっと信頼しろ」と、暗にたしなめていたのだ。

そして、そのまま店を後にした。

何から何まで、彼の行動が祥悟には信じがたい。だから、車に戻るなり、つい尋ねてしまった。

「……いいのか」

「何がだ？」

「耳飾り……」

「なくなったものは、仕方あるまい。二人とも、自分は知らないと言っているしな。あの店に警察を入れるつもりはないから、自分で行方は追跡する」

「あの二人を、責めないんだな」

「責めてどうする」

「盗《と》ったとか、言うんだと思っていた」

「……彼女たちは、雇い主である私が何者か知っている。そんなことをするほど愚かではないだろう」

恵鳳は、皮肉げな表情になる。

「バーリッタも明鈴《めいりん》も、日頃私を満足させるように働いている。だから、それに報いるように接するのは当然だ」

「おまえがそういうことを言うなんて、ものすごく意外だ」

「それこそ意外だ。私は、おまえにも報いているつもりだが？」

恵鳳は、照れかくしでもなんでもなく、当然のことのように言う。

「いつ報いた」

「おまえは、私を満足させている。だから、それに報いる生活はさせているつもりだ」

「どこが」

吐き捨てながらも、祥悟は渋々認めていた。

確かに、拘束と性的な蹂躙《じゅうりん》以外は、祥悟は虐待を受けているわけではない。衣食住については恵鳳と同じものを与えられている。日本にいた頃よりは、物質的な意味では満たされているかもしれない。

もっとも、祥悟の望んでいることは何一つ叶えられていない。そんなことよりも解放して欲しいという気持ちが先に立ってはいるのだが。

(人を人とも思わない態度をとるわりに、なんていうか、こいつは……なんだろう、こういうのって)

白恵鳳《はくけいほう》という男を、祥悟はしみじみ見つめる。

本当に、まったく認めたくないのだが、祥悟は彼を見直してしまっていた。

恵鳳は度量が広いとか、そこまで思うつもりはなかった。

しかし、少なくとも人種やら立場やらで、他人を色眼鏡で見たりはしないように感じられる。意外に平等なところがあるようだ。

他人に対して、そういう態度をとるのは案外難しいものだと、祥悟は経験として知っている。悪い印象しかなかった分、恵鳳の株が上がったかもしれない。

(恵鳳の場合は、感情面でどうというよりは、もっと理性的な判断で、そうしているだけなのかもしれないけどさ……)

もともと祥悟は、関わりある相手の悪いところよりも、いいところを見つけておきたいタイプだ。

なにも、人間性善説というわけではない。生きる場所は選べないという感覚が根底にある以上、タフに生きていくために必要なスキルだ。

一人の人間としての恵鳳に、つい興味を惹《ひ》かれてしまうのも、きっとそのせいだ。

「……でも、まあ、よかった」

「何が」

「あんたが、あのフィリピン人の子の言い分聞いてくれて」

祥悟は微《かす》かに笑った。

「……」

恵鳳は目を細めた。

「珍しいな、そんな顔を私に見せるとは」

「あんたのしていることで、気分いいと思ったことは初めてだから」

「おまえとは、話すたびに新しい発見がある」

恵鳳は、祥悟の前髪に触れてくる。

「なぜ、私のメイドをおまえが気にする」

「……外国で、一人で暮らすのは大変だからさ」

祥悟は、小さく呟いた。

「外国生活の経験があるのか」

「ガキの頃な。親の仕事の関係で……」

祥悟は目を伏せる。

瞼《まぶた》の裏に、赤い炎が甦《よみがえ》る。


――お母さんどこ？　お父さんどこ？

泣き惑う、子供の声が聞こえる。あれは、自分だ。まだ十歳になるやならずやで、家族とはぐれて異国に残された自分。

——日本に帰りたい。


「なんて顔をするんだ」

恵鳳は、耳元に口唇を寄せてきた。

「誘っているのか」

「誰が……！」

「強がるな」

「あうっ」

シャツの上からプラチナの鎖をまさぐられる。

少し力を入れられても、それは祥悟の体に大きな衝撃を与えた。乳首から生まれた快感に、祥悟は思わず呻《うめ》いてしまう。

「何が、おまえにそこまで意地を張らせる？」

「……意地なんかじゃ……っ」

「ただタフなだけ、という顔をしていない。タフにならざるを得なかったというふうに、私には見える」

鎖を悪戯《いたずら》しながら、恵鳳は囁く。

「おまえの強さの正体には、興味がある」

「そういう……んじゃ、ねぇ……けど…………っ」

体が前屈《かが》みになるのは、下半身の反応のせいだ。

祥悟は口唇を嚙みしめる。

恵鳳へと体がもたれかかっていくのが、癪《しゃく》で癪でたまらなかった。こんな話をしている時に、彼に寄りかかるようなことはしたくない。

「……でも、自分と同じ心細さを味わっている人を、なんとかしてやりたいって気持ちはある……」

「外国生活は、そんなに辛かったのか」

「一人、だったから」

「家族は？」

「内戦に巻き込まれて、はぐれた。……本当にガキの頃の話だ」

祥悟は、低い声で呟いた。

「家族と再会するのに、五年かかった」

「話せ」

恵鳳は、短く命じてきた。

「おまえの過去に、興味がある」

「……なんで……」

「知りたい」

珍しく、真摯《しんし》な目で見つめられた。

感じやすさを盾に脅されたら、おそらく祥悟は屈しなかった。

しかし、恵鳳の態度は真面目《まじめ》なもので、プラチナの鎖からも手を離してしまう。

だから祥悟は、口を開いた。

遠い昔の出来事を、語るために。

今の祥悟を、よくも悪くも作り上げた記憶について。

(こんな話を、恵鳳にすることになるとはな)

祥悟は、小さく息をつく。

誰にも話したことはない昔話だ。

「……俺が、まだ八歳の頃だ」


不運と幸運の偶然が、重なった。

そして、祥悟は転機のたびに、どうすれば生きられるかということを考えながら、様々な選択をしてきたのだ。

――自分の人生が今のようなものになったことは、それより他に理由がないと、祥悟は考えている。

商社勤務だった父親の仕事の関係で、八歳の祥悟は東南アジアのとある国で暮らしていた。しかし、突然のクーデターから始まった内戦に巻き込まれ、日本に帰る直前に、空港で両親とはぐれてしまったのだ。

炎に飲み込まれた町を逃げまどい、灰燼と化した建物の前で立ちすくんでいたところを、祥悟は武装組織に拾われた。

そして、その組織で五年を過ごした。

外国人だったこともあり、言葉も通じないし、ひどい目にも遭った。泥水を啜《すす》って、という表現が洒落《しゃれ》にならないような状況を経験した。

それでも、祥悟は五年生き抜いた。

やがて、たまたま日本から取材で来ていたテレビ局の人間に発見され、ようやく帰国することができたのだ。

もっとも、家族と再会してめでたしめでたしとはいかなかった。引き裂かれていた五年はあまりにも長く、誰が悪いわけでもない溝は埋められなかった。考え方、感性、常識など、何か噛みあわないものになっていたのだ。

家族とはぎごちないまま、祥悟は彼らのもとを離れた。連絡は今もとっているが、このほどよい距離が互いのためだと思っている。

遠い異国での経験が、祥悟の人生を左右した。

日本人でありながら、そのコミュニティの中では祥悟は異分子だ。家族と再会してそれを思い知り、彼らを愛していても、そこが自分の居場所ではないと祥悟は知った。だから、離れたのだ……。

かいつまんで自分の生い立ちを語り、祥悟は溜息をついた。

「家族には、悪いと思っている。一緒に暮らして、溝を埋める努力をすりゃよかったのかもしれないが……。でも、お互いに気を遣いまくりで、両親は罪悪感たっぷりの態度で俺に接してさ。そういうの、しんどかったな。この顔させてるのは俺なんだよな、って。だから、ちょっと離れて、たまに元気な顔を見せると喜ばれる今の生活の方が、お互いのためじゃないかって思ってる」

ちらりと、祥悟は恵鳳を一瞥《いちべつ》した。

「おまえのせいで、会えなくなっちまったけど。俺が連絡とれなくなることは珍しくないが、あんまり長引くと、家族だって不審がるぜ」

「遠回しに、解放しろと言っているわけか」

「言葉通じるみたいでよかったよ」

「それを聞き入れるかどうかは別だな」

「最悪だな、おい」

祥悟は、悪態をついた。少し軽い口調だったのは、自分の過去を同情されることが苦手だからだ。

幸い恵鳳は、同情も揶揄《やゆ》もしなかった。

ただ、真摯に受け止めたという風情だ。

それが、祥悟には痛快だった。まったく、恵鳳なんかにこんな気持ちを味わわされるなんて、不本意極まりなかったのだが。

（やっぱり、へんなことになってる……よな？　しかし、そのへんなことがそう悪くないって感じられるあたり、俺もヤキ回ってるのかね）

連れ去られ、捕らえられ、それでも祥悟は孤独ではない。奇妙な関係性が、恵鳳との間に築かれつつあるような気がしてくる。

「しかし、今の話が、うちのメイドたちを気にかけることと、どうつながっている？」

恵鳳は、珍しいくらいしつこく突っ込んでくる。彼がこんなに一つのことに拘《こだわ》り、引っ張るのは、祥悟に卑猥な言葉を言わせようと、体を淫らに責め立てて、決して容赦しないときくらいかもしれない。

祥悟は、小さく息をつく。

正直に言えば、照れくさいのでごまかしたい。

しかし、恵鳳との間に生じている、奇妙で居心地が悪く、そのくせどこか甘んじていたくなる不思議な空気を壊したくないと思った。だから、素直に口を開く。

「……やっぱ、今も覚えてるから。言葉が通じない心細さとか、明日も知れない生活の恐《こわ》さとか……。そういうのは、全部」

祥悟の言葉を、恵鳳は黙って聞いている。

揶揄も何もない。

「だから、同じような境遇の連中が放っておけない」

恵鳳には語らなかったが、祥悟が日本で外国人労働者の顔役のような立場になっていたのも、そういう過去ゆえだった。

異国で不安そうにしている彼らが、幼い自分に重なる。

だから、放っておけない。

守ってやりたくなる。

警察の無茶な要求を聞き入れたのも、それゆえだ。

やがて、恵鳳は唐突に口を開いた。

「……今のおまえは、違う」

どうしてかわからないが、強い口調だ。

恵鳳は、祥悟の顎《あご》を摘み上げる。

「何が」

「私は、おまえを放り出したりしない」

「むしろ、積極的に放り出して欲しいと俺は思っているんだが」

祥悟は、呆れるように眉《まゆ》を上げた。

まさかと思うが、恵鳳は祥悟に同情したのか？

（ちょっと考えにくいんだけどさ……）

恵鳳は、そっと顔を近づけてくる。

「強がらなくてもいい」

「強がっているわけじゃない」

「私に対して、おまえは不屈だ」

「おまえが激しく気に入らないからだ」

どこの誰が、強引な調教を受けて、相手に易々《やすやす》屈することができるというのか。少なくとも、祥悟はごめんだ。

いざという時に、自分が守り通すことができるのは、自分の心しかない。それを知っているから、抗うのだ。

恵鳳は目を細める。

「言い方を変えようか。私の前では、もっと弱くなっていい。弱い顔も見せてみろ」

「……何言ってんだか」

口唇を、恵鳳の指先が辿《たど》る。

いつの間にか、馴染んだ感覚だった。

恵鳳に抱かれ、我を忘れた時の祥悟は、相当にあられもないことを口走っていると思う。恵鳳はこうして祥悟の口唇をなぞり、望むままの言葉を吐かせようとするのだ。祥悟の魂まで、屈させようと。

何を言わされているのか、覚えてはいない。でも、きっとそれでいいのだ。覚えていても、自己嫌悪に陥るだけだ。

祥悟は、ふっと視線をそらす。

あまりにも恵鳳が熱心に見つめてくるせいか、バツが悪くなってきたのだ。

「それにしても、どういう風の吹き回しだ？　今日のおまえは、へんにおしゃべりだ」

「……そういうおまえもな」

「おまえがしゃべらせた」

祥悟は、シートの背もたれに体を預ける。

恵鳳が言うとおり、祥悟もらしくない。

恵鳳と普通の会話を成り立たせてしまったことに、とても動揺していた。

「あのさ」

「なんだ」

「……蒐集品の由来を、気にしてるってわけかよ」

そう口にしてしまったのは、今日の恵鳳の態度に、わかりやすい理由をつけたかったせいかもしれない。

祥悟は、恵鳳のコレクションだ。

小さな店に連れ込まれ、淫らに体を重ねる。

それを繰り返すうちに、不可解な彼の態度も、少しずつ祥悟には理解できるようになっていた。

祥悟の何かが恵鳳の琴線に触れ、彼のコレクションに加えられてしまったことを。

「蒐集品の由来？　何を言い出す」

恵鳳は、不思議そうに首をひねった。

「私は、コレクションがどんな経緯を辿って自分の手元にやってきたのか、気にしたことはない。私が一目見てとらわれたかどうか、永遠を感じたか、判断材料はそれだけだな」

「……永遠、か」

なんとも言えない気分になる。

恵鳳が自分にそれを見いだしたとしたなら、滑稽《こっけい》だ。祥悟は人間だから、時が経てば変わりゆくものだ。

それこそ、家族と離れていた五年間で、埋めがたい溝ができてしまったように。

(飽きてほしいんだけどな……。美術品への感動は永遠とかほざいている奴には、無理か？)

気に入ったもので趣味の商売をしている、恵鳳のことだ。そのうちに、執着が緩むことも考えられる。

他の男に売り飛ばされるとしたら、願い下げだが。

いっそ、祥悟を知ることで、恵鳳が興味を失ってくれれば万々歳だ。

「私は、自分で確かめられることしか評価しない。そして、自分が何を感じたかということが大事だと思っている。目の前にあるものを評価するだけだ。美術品だけでなく、すべての物事に対して、な」

その彼の言葉で、メイドたちへの対応を思いだす。そういう考え方をしているなら、あの平等な接し方は納得できるものだった。

つまり、どんな事情を抱えていようと、自分の目の前に立っている彼女たちを評価した結果、不問にしたということなのだろう。

(……こいつ、なんか徹底しているな)

恵鳳が祥悟に興味を持っているように、祥悟のほうも恵鳳への好奇心が湧いてくる。

その好奇心が、好ましいと思う感情に由来していることは、あまり意識したくはないのだが……。

自分と相容れようと、容れまいと、根底に確かなものを持っている相手に、祥悟は好意を抱く。しかも、この今回の件に関しては、祥悟は恵鳳に同意するから、余計に。

「人間はとりわけ、立場と状況によって変わるものだ。過去も未来も、現在には関係ない。……もっとも、未来における危険分子は、早めに排除するに限るが。よほど役に立つ相手ならともかく」

その言葉は、祥悟の背に冷たい汗を流させた。

正直に言ってしまえば、祥悟は恵鳳のことを、親から受け継いだ会社を経営する傍らで趣味の会社を経営したり、退屈しのぎに奴隷を飼ったりする、ろくでなしだと思っていた。

まともに仕事をしていることすら、意外だったくらいだ。

祥悟にあさましいセックスを強いて、閉じこめたりするような、最低の人間なのだ。そんなことに喜びを見いだすなんて、たいした人間じゃないと思っていた。

しかし、今の恵鳳の言葉は、祥悟の中にある彼の像と結びつかない。とても暗く、重いものを感じた。

（排除って……穏やかじゃないな）

いったい、恵鳳はどういう人間なのだろうか。

道楽金持ちのわりには仕事をしている、という程度にしか思っていなかった。しかし、祥悟は根本的に、彼を見誤っていたのかもしれない。

激しい執着にも、意味があるのか？

単に、祥悟が落とせないから、意地になっているのだと思っていたのに。

「……おまえ、いったい何者だ」

「知りたければ、傍にいて、よく見ていればいいと言っただろう？」

低い声で尋ねても、はぐらかされる。

「見ていたって、わからないこともある。だから、おまえだって俺にいろいろ聞いたんだろう？」

「なるほど、一本とられたな」

「でも言うつもりはないって顔をしている」

「その通りだ」

「あんた、根性悪いよな……」

「おまえ」から、「あんた」へ。いつのまにか二人称がシフトしていた。自覚すると不本意なものだが、彼という人をただ蔑《さげす》んでいた気持ちが、揺れ動いている証拠だった。

「ったく、どういう人生だったら、そういう性格になるのかね。友達いないみたいだしな」

「特に必要としていないからな」

恵鳳は、口の端を上げる。

「知人とは友好的なつきあいをしている。それで十分だ」

本気の声音に、祥悟は目を眇《すが》めた。

自分の目の前にいるのは、とんでもない相手ではないだろうか。そういう気がしてきてならない。

「……そういえば、俺はあんたの家族を見かけたこともない。他のところに住んでいるのか」

「皆、死んだ」

隠しているわけではないらしく、あっさりと恵鳳は言う。

「私へ代替わりした以上、当然の帰結だ」

「な……っ」

祥悟は仰天する。

（なんだよ、代替わりしたから死んだって……！）

死んだから代替わりしたという口調ではなかった。代替わりに伴い、家族が死んでいった、としか思えない。

「養子に行った弟の子たちは生きている。……私がそうだったように、私の次は、あれらの誰かが継ぐことになるだろうな。戸籍上の権利はなくしたが、血はつながっている。遺言状で、いずれ指名することもあるかもしれん」

「なんだよ、それ」

祥悟は息を呑む。

自分は今、とんでもなく非常識な話を聞いている。それなのに、話している当人が、当たり前のような顔をしているのはなぜだ？

血生臭い話をしているのに、恵鳳は淡々としていた。

彼の人生が、それだけ血塗られたものだったという証のようだ。

「遺産相続は、面倒だという話だ。権利だけではなく、義務も背負うことになるというのに、世の中には面倒事に価値を見いだす物好きも多い。先代が代替わりする時に、その物好きたちが殺し合ったおかげで、私にお鉢が回ってきた。……義務ばかりの人生が」

「……」

祥悟は言葉もない。

さらに踏み込んで尋ねたら、恵鳳は何もかも話してくれるだろうか？

でも、さすがに躊躇《ためら》われる。

無遠慮に、話を振れない。

「つまらない話をした」

祥悟と肩を並べるように、恵鳳もシートの背もたれに体を埋める。

「……あんたは、本当はあの店の経営ができれば満足なのか」

顔を見ない状態だから、聞きやすいこともある。祥悟はあえて、無神経になってみた。

「義務を果たしているから、与えられている権利だ。玉座というものは、一度座ったら簡単に放り出せないしな」

恵鳳は、祥悟の言葉に直接は答えない。

（こいつ……！）

祥悟は、はっとした。

思わず、恵鳳の端整な横顔を一瞥する。

彼は諦めても、自棄になってもいない。今までになく、凛《りん》とした眼差しをしているように見えるのは気のせいか。

今まで、恵鳳のことは不遜《ふそん》で身勝手な、人を人とも思わない人間だと思っていた。

確かにそれは彼の一面なのかもしれない。でもその一方で、彼は自分の人生に向き合い、懸命に生きているのではないか。

かつて、家族とはぐれた異国で、人にはとても言えないことにまで手を染め、それでも生き延びた祥悟のように。

生きているから、仕方がないから、身一つで人生に立ち向かう。

祥悟は、恵鳳はまったく自分とは違う人間だと思っていた。しかし、本当は自分たちには近いものがあるのかもしれない。

今まで、歪《いびつ》な状況で気が付けなかっただけで。

初めて、そんなことを考えた。

(俺は、どうしてこんなに、あんたのことが気にかかるんだろう。それに、結局あんたは、なんで俺の昔のことなんて気にしたんだ？　今を見てりゃいいって、自分で言っているくせに)

矛盾している。

もしかしたら、祥悟の好奇心と、恵鳳の矛盾とは、根が同じものかもしれない。不意にそんな予感を抱き、祥悟は困惑した。


結局、お互いを一人の人間として意識したということなのだろうか？

(……あ、やばい)

首筋を這う口唇に体をくねらせながら、祥悟は眉を顰《ひそ》めた。

肌が、とても敏感になっている。

恵鳳という男の正体を、意識している証のように。

屋敷に戻ると、いつものように衣服を脱がされ、ベッドに引きずりこまれた。

でも、いつもとは何かが違う。違和感の理由には、やがて気が付いた。恵鳳が、指先だけで肌に触れてくるからだ。

いつもの恵鳳なら、赤くなり、シャツで擦れ続けた乳首のクリップを引っ張り、半勃《だ》ちになった性器を揶揄するだろう。祥悟の弱いところを苛み、己の優位と支配力を誇示するかのように。

しかし、今の彼は違う。

口唇や肌に丹念に触れられると、たかがそれだけのことで肌が熱くなった。

波がうねるような熱が、全身に満ちる。恵鳳が離れると、潮が引くように冷めかける。その繰り返しが、祥悟を昂《たか》ぶらせた。

「……っ、あ……！」

硬くなった性器に、プラチナの鎖が食いこみはじめた。この状態になると、祥悟の理性は長く持たない。尖った乳首の疼きも、いっそうきつくなる。

「いつもより、感じていないか。……漏らしているようだ」

「さわ……る、な……っ」

性器を握られ、祥悟は身震いした。

指摘された通り、その場所はぐしょぐしょになっている。指が軽く滑るだけで、ねちょっとした粘液質の音が響いた。

ハードな調教を強いられるより、ずっと感じている。

「普通のセックスも、悪くないものだな」

「……普通じゃねえよ」

祥悟は毒づく。性感を昂ぶらせるアイテムをつけられた状態で、絶対に普通とは言わせるものか。

「では、普通にしてみよう」

恵鳳は特に拘りない様子で、性器からダイアモンドのピンを抜く。縛めから解放された性器が、ひくりと痙攣し、先端から大粒の涎を溢れさせた。

「乳首は……似合っているのに勿体ないが」

「あうっ」

舌を小さく出して、恵鳳はそこを舐める。疼くような甘い痺れに、祥悟は思わず声を漏らした。

「いい声だ。……いつもより甘い」

舌で乳首を舐められるよりも、その恵鳳の台詞によほど羞恥《しゅうち》を感じた。

「はな、せ……っ」

上擦った声で恵鳳を拒み、抵抗しようとするが、難なく押さえつけられる。

ダイアモンドのクリップから解放された乳首を、柔らかな恵鳳の舌が舐めはじめた。

「……く、あ………っ、恵鳳……！」

性感が研ぎ澄まされていた場所だ。ただでさえ弱いのに、今日はいつもと違う手順を踏んでいるせいか、やたらと意識してしまう。

祥悟は、狂おしい悦楽に追い込まれていく。

「……んっ、く……ぅ、あ……あぁぁっ」

いつのまにか、恵鳳を体から引き離そうともがいていた指先が、彼の背中を掻き抱きはじめていた。

違う。こんなことをしたいわけじゃない。自分は、恵鳳に犯されたいわけじゃないのに。

「……ああ、セックスも悪くないな。おまえも、いつもより感じている」

「馬鹿野郎……！」

性器を嬲られながら、祥悟は恵鳳を罵《ののし》る。

（……セックスなんて、言うなよ……）

調教だとか、凌辱だとか、その方が救われる気がするのはなぜだ。恵鳳とセックス。初めて、まともに抱き合っていることに、祥悟は狼狽《ろうばい》していた。

性器から、ひっきりなしに先走りがこぼれていた。

焦らされているわけでも、苛まれているわけでもない。

純粋に恵鳳を求めている自分に気が付いて、祥悟は言葉を失った。

「……も、う……、や……め…っ」

縛めもないし、自分は長くもたないだろう。それに気が付いて、祥悟は早めの白旗を挙げた。

それに、こんなセックスはしていたくない。

感じたくなかった。

調子が狂ってしまう。

「……おね、が……い、だ……っ」

「さあ、どうしようか」

熱心に祥悟の乳首を舐めながら、恵鳳は呟く。長めの髪をかき上げながら、ちゅくちゅくと真っ赤な突起を吸う彼の姿には、少年めいた一途さすら感じた。

そのくせ、濡れた口唇で笑う姿には、大人の男の官能が溢れていた。

「……普通らしく、求めてもらおうかな」

「普通……」

完全に、彼は面白がっているのだろうか。

甘やかな琥珀《こはく》の瞳は、笑いを含んでいる。それなのに、揶揄を感じられなくなっているから、厄介《やっかい》だ。

「くそ……っ」

彼の表情を見た瞬間、胸の奥で大きくうねったものがある。それを無視するように、祥悟は唸《うな》り声を上げた。

「欲しいんだよ、しろよ……！」

屈服の言葉じゃない。

しかし、恵鳳は満足したようだ。

彼は祥悟へとあらためて覆い被さってくると、そのまま両腕で背を抱きこんだ。そして、触られる前から火照《ほて》っていた後孔へ指を潜らせ、その具合を確かめたあとに、一気に祥悟を貫いたのだ。

「あ……ああっ……！」

恥知らずな言葉で、互いを煽ることもない。シンプルに抱き合う。

「……くっ」

人形めいた恵鳳の顔に、珍しく朱を注いだように赤みが差している。彼もまた、いつもより深い悦楽を感じているらしい。

腰の動きが、激しくなる。

焦らすことはなく、もっと素直に求め合う。

「……ん、くぅ、あ……ああっ」

「……そんなに締めるな。持って行かれそうだ」

「や……はぁっ、あ……あぁっ」

互いの呼吸が混ざりあう。

顔が、とても近くにあることを感じた。

視線が合う。

その瞬間、二人は激しく口唇を貪《むさぼ》りあいはじめた。どちらからともなく、無言で。

舌を絡め、強く引き合いながら、いつしか達していた。

8

相手を知ることは、慣れあうことにも通じている。

祥悟が望まないはずの、隷属的な関係は続いていた。

しかし、祥悟は以前よりもずっと楽な気持ちで、恵鳳の傍にいる。その楽さが、自分の中で戸惑いの原因になるほどに。

祥悟の変化を、自分に対する軟化と見たのだろうか？

あるいは、隷属の第一歩だとも。

恵鳳の祥悟に対する態度も、随分まともなものになってきていた。気がつけば、雑談をしていることまである。

お互いを、一人の人間として認識しはじめた結果だろう。

とはいえ、恵鳳が祥悟にセックスを求めてくることには変わりない。その内容が、力でねじ伏せるようなものであることも。

しかし今の祥悟には、それが恵鳳にとって、もっとも安心できる形で自分を手元に置いていることになるのではないかと……そんなふうに思ってやまない。

恵鳳は、完璧《かんぺき》な紳士の仮面の下に、歪さを隠している。

他人を支配することを宿命づけられている彼は、それ以外の他人との接し方がわからないのではないか。

本来ならば上下関係など生まれない、プライベートでの、一対一のつきあいの仕方というものをしてこなかったから、祥悟に対しても高圧的な態度にしかでないのではないか。

祥悟は、そんなことを考えるようになっていた。

すなわち、受け入れられるか、入れられないかは別として、それが恵鳳に求められているということなのではないかと、祥悟は考えるようになった。

踏みにじられた心や体の痛みは、そんなものでは回復できるはずはない。

しかし、認識することで、祥悟は希望を見いだしたのだ。

いずれ、恵鳳とまともな人間関係を形成できれば、自然な形で祥悟は解放されるのではないか——と。

関係が変わることに、祥悟は確かな手応《てごた》えを感じはじめている。そのせいか、前のように焦る気持ちは消えていた。

日本のことは、気がかりだ。

それに自分の命が恵鳳に握られていることは、間違いない。関係が好転してきた今の隙《すき》に逃げるほうが、将来のリスクを背負わずにはすむだろう。

でも、祥悟には焦りがなかった。

一時期は、恵鳳の店を放火してやろうとまで考えたことが、嘘《うそ》のようだ。

暴力的な手段で、事を解決したくない。

正攻法とまではいかなくとも……。

いつのまにか、祥悟はそう思うようになっていた。


(……とはいえ、俺の体は、それまでもつのか？)

荒い息をついて、祥悟は壁に背を預ける。

(恵鳳の意識が、変わるまで)

はあっ、と深呼吸。肩が落ちる。

初めて着せられたタキシードは、窮屈すぎる。

その上、乳首にはいつものクリップがつけられている状態だ。

なるべく意識しないようにとは思っていても、ドレスシャツと乳首の先端とが擦れるたびに体に震えは走り、祥悟は苦悩しつづけた。

祥悟は恵鳳に連れられ、パーティ会場に来ていた。

どうやら、政治的に重要な人物も臨席している、大規模なパーティのようだ。警護の人数が多いし、個人的にSPを連れている者も目につく。

恵鳳もまた、いつもどおり、四名のボディガードを連れていた。

さらに、祥悟も一緒に。

名目上はボディガードの一人としてだが、恵鳳は祥悟も彼と同じようにドレスアップすることを望んだ。

その結果が、こんなふうに着慣れない格好だった。まったく、恵鳳の気まぐれにも困ったものだ。

恵鳳はもともと、祥悟を連れて歩くことが多かった。しかし、パーティ会場の中まで連れていくようになったのは、ここ最近の話だ。以前は、弄《もてあそ》ばれた挙げ句に、車の中に放置というパターンが定番になっていたのだが。

恵鳳の用事が終わるまでの間、バイブレーターで犯されて、狂おしい熱に身悶《みもだ》えさせられていたことを考えれば、扱いはよくなっていることになるのだろうか。

(公の場で、こんなことされて連れ回されているのと、どっちがマシなんだ?)

体が熱く疼いている。

そんな自分を恥じるように、祥悟は会場の片隅に佇《たたず》んでいた。

最近の祥悟は、同じ屋根の下にいるうちは、恵鳳と離れることを許されるようになっていたのだ。

祥悟から離れることを好まない恵鳳だが、今は知人と談笑している。見かけは、いかにも富裕な名士そのものだった。

社交界の中で、恵鳳は重要な人物のようだ。白《はく》家の名は重いらしいということに、祥悟は気がつきはじめている。

いつか彼に聞いた、壮絶な相続争いの理由も、そんなところにあるのかもしれない。

(それにしたって、人死にが普通なんて、おかしな感覚だ)

さすがに、祥悟も察し始めていた。

白家が、裏の顔を持っているということを。

ただの名家ではない。闇《やみ》が潜んだ一族なのではないか。

あいかわらず、恵鳳はあまり自分のことを話さない。それならそれでいいと、祥悟は思うようになっていた。

恵鳳が話さないなら、自分は見ていることで彼を知るから。

恵鳳の思うツボというのは、癪だったが。

自分たちの関係は、上手《うま》くハマりはじめている。

それはありか？　なしじゃないのか。なにせ、無理やり連れさられた立場なのだ。上手くいってどうする……そういう気持ちに、苛まれることもある。しかし、二人の間の空気が、次第第に柔らかなものになりはじめていることは間違いない。

祥悟に備わっていたある種の柔軟さと、恵鳳の偏った寛大さとが、二人の関係を意図しない方向に導こうとしている。

しかも、祥悟自身がそれを受け入れつつあるあたり、どうかしているのではないか。

ふっと溜息をついた時、自分に近づいてくる足音が聞こえてきた。

恵鳳だろうか？

顔を上げると、そこにいたのは思わぬ人物だった。

「……紀藤《きとう》！」

思わず、声が上擦ってしまう。

「久しぶりだな、桂木祥悟」

タキシードが美貌《びぼう》を際立てている、冷徹な警察官僚は、冷ややかに微笑《ほほえ》んだ。

「なんで、あんたがこんなところにいるんだ？」

「仕事上のつきあいだ」

紀藤は、端的に答えた。

「君こそ、なぜここにいる」

「なぜって……っ」

祥悟は絶句した。

祥悟にしてみれば、紀藤は諸悪の根源だ。よくも、涼しげな表情で質問できるものだ。

「あんた、自分が俺に何をやらせたのかわかってるのか」

憤りをこめて、祥悟は彼を睨《にら》みつけた。

思えば、彼が強引な捜査へと祥悟を巻き込まなかったら、乳首にクリップをつけられ、浅ましく熱を持つ体をパーティ会場に引きずり出されることもなかったのだ。

「新宿の連中は、どうしてる。無事なんだろうな」

「……約束は守っている。汚れ仕事ほど、信頼関係の積み重ねは大事だからな」

紀藤は、鋭く目を眇めた。

「それよりも、私の質問に答えろ。なぜ、君はここにいる。会場から消えたことに気が付いたときには、すでに発信機を見失っていたんだが……」

「あんたの面倒事に巻き込まれた結果、ここにいるんだよ」

こうして紀藤と話をしている間も、乳首を責められ続けている。

熱く疼く体をもてあまし、淫らな吐息をつきかけたが、祥悟はそれを苦り切った表情で隠そうとした。

「なぜ、日本から香港に？」

「それは……」

何も、隠すことはない。

あのオークション会場から恵鳳に連れ去られ、捕らえられている。それを紀藤に訴えれば、いくら彼が薄情者だとしても、どうにかしようとするだろう。

これでも一応警察官僚だ。恵鳳は社会的に大物だろうし、暴力的にではなく、きわめて合法的かつ大人の方法でアプローチするだろう。

己の保身のためにも。

それは、祥悟が望んだ解決方法のはずだった。

それなのに、なかなか言葉が出てこない。

一瞬、言葉に間ができる。

その間は、恵鳳の声で埋められた。

「何をしている、祥悟」

毅然《きぜん》として、威圧感がある声。支配者階級に生まれついた男の風格が漂っている。

振りかえると、彼は怪訝《けげん》そうな表情をしていた。

「……恵鳳」

祥悟は、小さな声で彼の名を呼ぶ。

これで、救助のチャンスは潰《つい》えた。

祥悟にとっては、痛恨の失敗だ。

そのはずなのに、なぜか祥悟は深く息をついてしまっていた。

まるで、安心したかのように……。

（なんだっていうんだ）

祥悟は愕然《がくぜん》とした。

せっかく恵鳳から解放されるチャンスが巡ってきたというのに、安心してどうする。自分の躊躇いを、なぜ悔いない？

今の暮らしを望んでなんていないのに……！

紀藤は無言で、祥悟の傍を離れていく。不気味なほど、静かな足取りで。

「今の男は、誰だ」

尋ねられた祥悟は、頭の中でめまぐるしく考えていた。

正直に、あの男は日本の警察関係者だと言ったら、どうなるだろう。そう思った瞬間に舌が凍ったのは、保身からではなかった。

祥悟が考えていたのは、せっかく歩み寄りはじめていた二人の関係を、逆戻りさせたくないということだ。

（……本当に、どうなってるんだよ）

自分の思考回路に狼狽《ろうばい》させられる。

自分はいったい、何を考えているんだろう。

恵鳳と、どうなりたいというのだろうか。

恵鳳の琥珀色の瞳には、祥悟の影が大きく映っている。しかし、やがて長い睫《まつげ》が伏せられて、夢幻のように影はかき消えた。

「誘っているのか？」

目を伏せた恵鳳は、小さく笑う。

いつもなら、彼の質問に答えを返さなかったら、その後に待っているのは激しい被虐のセックスだ。快楽で追い詰められ、言葉をもぎとられる。

しかし恵鳳は、そんな気配を漂わせない。

カーテンの影で腰を抱き寄せ、乳首を弄ることくらいは平気でしかねないのに、いつになく甘い表情で祥悟を見つめていた。

「な、何言ってるんだよ」

「……切なそうな顔をしている。なぜだ？」

耳朶のすぐ傍で、恵鳳が囁きかけてくる。たかがそれだけのことなのに、全身から汗が噴き出るほど……欲情した。

乳首の先端が、ひどく疼いた。

「……く、は……っ」

荒く息をつきながら、互いの口腔を貪《むさぼ》る。舌の動きで刺激されるだけで、粘膜は熱を持った。

「……う……」

感じる。

背筋を、熱い汗が滴り落ちる。

パーティ会場から、そのまま同じホテルの部屋に連れ込まれた。ロイヤルスイートしか空いていないと言われたが、恵鳳はラブホテルにでも泊まるような気安さで、その部屋を押さえたのだ。

飢えて飢えて、今すぐ抱かずにはいられないとでも言わんばかりに。

部屋に引きずりこまれたあと、二人はずっと抱き合っていた。

祥悟も恵鳳も、既に何度か達している。溢れた白濁で祥悟の下腹は濡れ、体内には重さを感じるほど精液を吐き出されていた。

欲望の放出だけが恵鳳の目的で、支配は快感なのだと思っていた。でも、こうして発熱したあとにも絡みあっていると、他に目的も理由もあるような錯覚を抱きそうになる。

貪るようなキスは、肌から汗が引くにつれ、穏やかなものに変わっていく。口腔を舐め回されてから、ゆっくりと離れていった口唇は、顔中に触れたあとに、首筋、胸元、そして真っ赤になった乳首へと下りていった。

「……っ」

祥悟は眉を顰めた。

乳首は充血して、痛いくらい腫れている。クリップに止められている上、さんざん吸われ、噛まれ、舐められたからだ。

自分でも、以前よりずっと大きくなっているのがわかる。

祥悟の褐色の肌の中で、そこだけが深い血の色になっていた。

クリップで摘まれることで、血がそこに溜まりこむような気がした。痺れは疼きに変わり、ありとあらゆる感覚が、抗いがたい悦楽につながっていく。

「真っ赤だ」

「あんたが弄るからだ」

「弄りがいのある、いい乳首だ」

「……う…っ」

舌を這わされると、また体が熱くなりはじめた。

さんざん達したあとだ。もうこれ以上は無理だ、限界だと思うのに、なぜこんなにも感じるの色だよ」

「飾る必要も、なくなるな。乳首の色だけでも、まるで鳩の血《ピジョンブラッド》のようだ。……最高級のルビーのだろうか。

「……っ……くぅ………っ」

「本当に、いい色だ。おまえの体に刻まれた、私の証だからだろうか。いつまでも、こうして眺め、弄っていたくなる」

「……ご託はいいから、や……め……っ」

声を震わせ、のけぞる祥悟の声は、彼には届かないようだ。

再び、祥悟は恵鳳に囚《とら》われていく。

その腕の中へと。

抗うことはなく、祥悟は恵鳳の背に腕を回した。

今日、紀藤にすべてをぶちまけていたら、こうして抱き合うことはなかっただろう。

決して、望んではいなかった関係のはずだ。しかし、今の祥悟は、こうして抱き合えることに安堵《あんど》している。

(……でも、囚われていたいわけじゃない)

祥悟にも、矜持《きょうじ》はある。恵鳳の支配から逃れたいという気持ちに変わりはない。

でも、逃れる方法を自ら絞ろうとしている。

自分の複雑な胸のうちを、祥悟ははっきりさせた。その感情を認めるのは、なかなか勇気も覚悟もいることだったが。

決別の方法として、暴力的な手段はとうに捨てている。

そして今日、恵鳳の同意を得ないかたちでの別れも、選ぶことはできなかった。

つまり祥悟は、たとえ恵鳳の支配から逃れても、二度と会いたくないというわけではない。

彼の支配から逃れるとしても、一人の人間として恵鳳と向き合いたいのだ。

どういう形がふさわしいのかわからないが、恵鳳との関係を続けていきたいと願っている。

だから、紀藤の前で躊躇ったのだ。

(なんだろうな、こういうのは)

ベッドに沈められ、天井を見上げた祥悟は、胸のうちで呟いた。

相容れない。

そのくせ、惹かれている。

恵鳳から逃げ出すのではなく、関係を変える。そして、続けていく。そうすることで、胸の奥に潜む想いは、いつか形になるだろうか。

(形にしたい)

予感というよりは願いに近い、強い気持ちが祥悟の胸を貫き、震わせた。

日本には、気にかかる相手がいる。

今までの生活がある。

しかし、それよりも恵鳳の傍にいることを、祥悟は選んでしまったのだ。

とても歪んでいるくせに、祥悟を求めて止まない。祥悟自身に激しい執着を示し、祥悟自身も認め、興味を惹かれた、初めての相手を。

9

気持ちの整理がついた。

そうすることで、また恵鳳との関係が深まった気がする。

紀藤と顔を合わせることで、気持ちがはっきりしたのだ。あの男は嫌いだが、感謝するべきなのかもしれない。

歩み寄れば、恵鳳も答えてくれた。

たとえば、乳首に執拗《しつよう》につけられていたクリップが外され、祥悟は久しぶりに体の軽さを感じられた。

もっとも、一度肥大してしまった乳首は元に戻ることはなく、衣服と擦れるだけで感じることには変わりがない。クリップを外したことで、意図してそこを隠すことはなかった分、何かの拍子に勃起されてしまうと、己の淫らさにかっと体が熱くなった。

恵鳳はそれをわかっていて、最近は薄手の衣服ばかり着せたがる。

「私の前では隠すことなどないだろう?」という彼は、祥悟の衝動的な欲望を歓んだ。痴態だけではなく、祥悟がどんな姿をさらそうと、彼は受け入れてくれるのではないか。そんなふうに、考えられる。

物心ついて以来、初めての経験だ。

日本で生活していた時には、祥悟は常に違和感がつきまとっていた。誰とも深く関わることができず、祥悟の内面に無理やり踏み込んでくるような相手もいなかった。

思い返してみれば、数奇な生還を果たして家族のもとに帰っても、彼らの思い描いていた息子像から外れていた祥悟は、それでもなんとかギャップを広げないようにと、常に「息子」であることを演じていた。やがて大人になり、家族の元を離れたあとに、求められたのは新宿近辺の外国人たちの「顔役」としての役割。

祥悟個人よりも、常に立場の方が優越していたかもしれない。

でも、恵鳳だけは違う。

彼の傍もまた、祥悟の居場所ではない。性奴という立場を押しつけられている。しかし、彼は祥悟の反発を許し続けた。初めて、立場よりも自分の気持ちを優先するように振る舞えている。

さらに、彼の強引さ、ある種の歪んだ情熱は、祥悟に常につきまとっていた居場所のなさ、違和感を突き崩すほどの力を持っていた。

恵鳳がまともじゃないのはわかりきっている。彼に執着されても迷惑なはずなのに、彼という男に興味を持ってしまった時点で、祥悟も大概おかしい。しかし、彼の強烈な個性には、惹かれて止まないのだから、どうしようもない。


「どうした、祥悟」

声をかけられ、祥悟ははっと追想から現実に戻った。

傍らの恵鳳は、不思議そうな表情をしている。

「……悪い、なんでもない」

祥悟は小声で答える。

二人はいつもどおり、恵鳳の店に来ていた。義務だけで人生を亘《わた》ってきた男の、ささやかな趣味の場だ。

今日はのんびりできるようで、店員を先に帰らせていた。

恵鳳は帳簿をチェックしたり、飾られている美術品たちをゆっくり愛でている。時折、祥悟が「これはなんだ?」と尋ねると、丁寧に説明してくれた。

「そろそろ、買い付けに出かけようと思う。おまえも、そのつもりでいろ」

「買い付け?」

「ああ。そのために、会社の仕事を整理している。一ヶ月ほど、国外を回ることになるからな」

「最近、忙しそうにしていたのは、そのせいかよ」

「まあ、そういうことだ」

「……タフだよな」

祥悟は、小さく息をついた。

ここのところの恵鳳は、まさに寝る間を惜しむ働き方をしていた。何かあるだろうとは思っていたが、個人的なお楽しみが控えていたとは。

「余暇は、仕事を終わらせてからではないと、楽しめない」

こういうところは、本当に生真面目だ。

(責任感もあるんだろうな)

連綿と、血の贖《あがな》いとともに続く旧家の裔《すえ》という自負と誇りもあるのだろう。権利を行使するために義務を果たすというシンプルな彼の考え方は、嫌いなものではない。不平不満を言いながら、現状に甘んじているような態度より、ずっと好感を持てる。

「おまえも行くんだぞ」

相変わらず、恵鳳は強引だ。でも、柄にもなく浮かれた声が可愛く感じたので、見逃してやってもいい。

相変わらず恵鳳とはセックスをしている。激しい行為は少しずつ穏やかなものに変わりつつあったが、二人の関係は表面的には以前と同じだった。

体は深くつながるが、特に何も言葉はないまま、お互いの傍にいることが当たり前になりつつある。

こういう関係も、悪くなかった。

恵鳳は少しずつ、祥悟の手綱《たづな》を離し始めていた。この調子だと、祥悟の理想どおりに、穏やかな形で関係性が変わるだろう。

(時間かかるだろうけど……。何かなけりゃ、まあ、こんなもんだろ)

祥悟は、内心肩を竦《すく》めた。

「ところで、俺、パスポートないぞ。海外になんて、出られない」

「なんとでもなる」

即答されて、祥悟は言葉に詰まった。

彼には財力も権力もあるようだから、言葉どおり、どうにでもなるのだろう。だが、そんな発想が出てきてしまうこと自体、やはり堅気の人間とは思えない。

(黒社会の人間なのかもな)

薄々、祥悟は察していた。

香港の裏社会は、表と複雑に絡みあっているという。もしかしたら恵鳳の白家も、裏社会にも表社会にも君臨する一族の一つではないのだろうか。

(何せ、外交特権使えるような連中を、顎一つで動かせるんだからな)

自分が香港まで連れてこられた経緯を考えると、本当にとんでもない男だと思う。もともとの性格もあるのだろうが、彼は己の力を十分に知っていて、その行使を躊躇わない。強い、という印象は、そこから来るのだろう。

「失礼、こちらは、白恵鳳氏の経営する、美術品店ですね？」

聞き覚えのある声が、流暢な広東語を紡《つむ》ぐ。

口を閉ざし、顔を上げた祥悟は仰天した。

そこにいたのは、紀藤だった。

確か一ヶ月ほど前、恵鳳の仕事絡みのパーティで顔を合わせた。でも、それっきり彼は姿を現わさなかったのだ。

いったい、今頃どうして、なんのために来たのだろう。

「……おや」

恵鳳は、一度顔を見た相手の名前と顔を忘れない。紀藤の顔を見て、すぐに気がついたようだ。

パーティで、祥悟と話をしていた相手だということを。

しかし、引っかかるものはあっただろうに、恵鳳は恭《うやうや》しく、あくまでも客に対する態度をとる。

「日本人の方ですね。これは珍しい。すばらしい広東語だから、一瞬わかりませんでしたよ。この店は、地元の方を相手に細々と商いをしていますので、外からのお客様は本当にまれですしね」

「細々と商い、ですか」

紀藤は、小さく笑う。

「花が活けられている花瓶は、高麗《こうらい》の白磁ですよね。机の螺鈿《らでん》細工も素晴らしい。店の備品ですら、名品ばかりが集められている。実に見事だ。その他にも、蒐集家垂涎《すいぜん》の名品が山のように備えられているのに」

「……お目が高いようで」

「商売柄、本物を見る機会が多いんですよ」

紀藤は目を眇めた。

「それにしても、あなたは美術商としては、かなり無節操に色々なものを扱われるようですね。奥に飾られているのは、デューラーですか」

「趣味が高じて始めた店です。系統立っていないのですよ。お恥ずかしい」

互いに、にこやかな会話をかわしている。しかし、祥悟は背筋に寒いものを感じた。あからさまに、互いが牽制《けんせい》に入っているのを感じたからだ。

（どう出る気だ、紀藤。なんのつもりで、わざわざここに来たんだ。日本に戻ったんじゃなかったのか……）

祥悟は固唾《かたず》を飲み、成り行きを見守る。

「いえいえ。ありとあらゆるよいものを見抜く力を、お持ちということでしょう」

そう言いながら、紀藤はゆっくりと祥悟に近づいてきた。

そして、思わせぶりに笑い、祥悟を一瞥する。

「性奴隷の趣味は、通好みでいらっしゃるようですが」

恵鳳は、さすがの落ち着きで顔色一つ変えなかった。

だが、祥悟は動揺する。

「な……っ」

「そういうふうにお使いなのでしょう、彼を」

紀藤は無遠慮に、スーツの上から祥悟の胸元をまさぐった。そして、きつく乳首を捻《ねじ》りあげる。

「ああ……っ！」

不意打ちだ。

感じやすい場所を乱暴に扱われ、祥悟の下半身から力が抜ける。手荒さが快楽になることを、さんざん叩《たた》きこまれているのだ。

「それは、私のものだ。触れないでもらおうか」

初めて、恵鳳は顔色を変えた。

「……失礼」

紀藤は小さく笑いながらも、祥悟の乳首を摘んでいる。

「いやらしいな。シャツの上からも勃起がわかるほど大きくなっている。いったい、どんな調教を施されたんだ」

「いい加減にしろ！」

さすがに頭に来た。

祥悟は乱暴に、紀藤の手を払った。

これ以上、こんな男に好きにされてたまるか。

「いい加減にしろ、この腐れ官僚」

祥悟は、低い声で罵る。

「広東語が、なかなか上手いじゃないか」

にやりと、紀藤は笑った。

「君は白恵鳳にオークション会場から誘拐されたんだろう？　……つまり、拉致《らち》誘拐の被害者というわけだ」

「……っ」

抜け目ない、冷徹な策謀家そのものの眼差しで、紀藤は祥悟を見据える。

「日本に、連れて帰ってやる。役に立ちそうだからな。まさか、こんな大物をつり上げているとは思わなかった」

「大物……」

「なんだ、知らないのか。白家といえば、香港黒社会の大物のひとつ。白恵鳳は、現在の当主だ。彼には、警察も容易に手出しができない」

紀藤は、恵鳳を振り返る。

「しかし、さすがに被害者からの告発があれば話は変わる。まさか、義理で顔を出した香港警察OBの政治家のパーティで、こんないいネタを拾うことになるとは、思っていませんでしたよ」

恵鳳は細い眉を寄せる。祥悟が何も言わなくても、彼は紀藤の正体に気が付いたようだ。

「あのオークションを摘発した者か。日本の警察だな」

「ご名答」

紀藤は、にこやかに微笑んだ。

「そこにいる桂木祥悟《かつらぎしょうご》は、私の手駒《てごま》です。これからも、まだまだ働いてもらわなくてはならない。返していただきましょうか」

「……なるほど。祥悟を、あのオークションに潜りこませていたのか。道理で……」

恵鳳は、納得したように呟いた。

「おまえは、警察関係者だったわけだな。どうも、普通の商品とは毛色が違うと思った」

人身売買の犯罪者として告発されようとしているわりに、恵鳳は落ちついている。

「脅されて協力させられていた、警察の被害者だ」

祥悟は、低い声で答えた。

「被害者だろうが、関係者だろうが、どうでもいい。君のするべきことはひとつだ、桂木祥悟。白家のトップに泥をつけられたとしたら、私の評価も上がるしな。香港警察に話を通すまで、一ヶ月かかってしまったが」

紀藤が日を置いて現われたのは、外堀を埋めるためだったようだ。さすが、狡猾《こうかつ》な性格をしている。

恵鳳は、慌てた様子も、怒った様子もない。祥悟に対して、騙《だま》されたと罵る気配も。おかげで、祥悟も冷静になれた。

(どうする……)

じっとりと、背中に汗をかく。

このままでは、紀藤なんかに恵鳳が逮捕されてしまう。それを、みすみす見過ごしていいのだろうか。

勿論、この件に関しては、紀藤に分がある。恵鳳はどれだけ言いつくろおうと、地下オークションに参加し、祥悟を拉致監禁した犯罪者だ。

紀藤は、勝利を確信している。それもそのはずだ。祥悟が証言を拒む理由は、どこにもない。

一方、恵鳳のほうはというと、いつもの無表情だった。

しかし、眼差しはじっと祥悟に向けられていた。

強い視線だ。それが物質化するようなことがあったら、祥悟は全身を搦《から》めとられてしまうのではないか。

彼の眼差しは、こんな時でも静かだ。そこに湛《たた》えられているのは、祥悟を一途に求める感情だった。

怒りも何も感じさせない。激しい執着が、全てを覆い隠しているかのようだった。

（……へんなところで、純粋なんだよな）

狂気じみた一途さを、心地よく感じてしまう。自分も、大概ずれているのかもしれない。

しかし、その眼差しを振り切ることはできなかった。

それに、今までの恵鳳ならば、そろそろ強引に祥悟を抱きすくめ、話を打ち切らせていただろう。しかし、彼はそれをしない。祥悟の出方を窺《うかが》っている。

人の心などは永遠ではないと言っていた彼だが、ひょっとしたら祥悟に期待をしてくれているのではないか。

自分たちが歩み寄ったのだということを、肌で感じた。嬉しいと、素直に思う。

心が決まった。

祥悟は、すっと紀藤を見つめた。

(俺は恵鳳を告発したいわけじゃない。いずれ日本に戻るにしても、その時には、恵鳳も納得させた上で戻る)

紀藤の誤算は、祥悟が恵鳳へと向ける想いだ。彼が狡猾とはいえ、さすがにそこまでは思い及ばなかったのだろう。

(……あんたには、一応感謝しておくよ。これで、関係が変わるきっかけになる)

皮肉げに、祥悟は笑う。

何かなければ、このまま恵鳳とは穏やかに関係を育んでいくことになっただろう。

しかし、こんな形で、その「何か」が起こってしまった。

思えば、紀藤のおかげで、祥悟はひどい目に遭った。最後に、少しくらいは彼に役立ってもらっても、罰は当たらないはずだ。

「何を言っているんだ、紀藤」

祥悟は、軽い口調で言う。

「俺は、白大人のボディガードだ。嘘だと思うなら、ちゃんと周りに聞き込み調査してみろよ。俺がボディガードとして働いているところを、たくさんの人間が見ているぞ」

「な……っ」

紀藤は絶句した。

「桂木、君は一体……！」

「俺は、探偵という名の便利屋だ」

祥悟は、きっぱり言う。

「だから、たまたま日本に来ていた白大人に雇われて、ボディガードをすることになったってわけだ。予想外に香港に来て、ちょっと長居をしてしまってるけどな」

我ながら、無理を言っている。

しかし、この程度のことなら、どうにでもごまかせる。恵鳳も、手を打てる範囲だろう。

「……何を考えている」

紀藤は、じっと祥悟の顔を覗きこんでくる。

真意を窺うかのように。

彼は策謀家だ。だから、きっと祥悟の言葉の裏を読もうとしている。

（徒労だぞ）

祥悟の言葉の意味は、これ以上なくシンプルだ。

恵鳳を庇いたいだけなのだから。

もっとも、裏を深読みして、ドツボにはまった紀藤が自家中毒を起こしても、それはそれとして、祥悟はまったく構わないのだが。

「いや、事実を言ってるまでだが」

「新宿の連中のことは、忘れたか？」

予想どおりの脅し文句だ。祥悟は、小さく息をついた。

「さてね。……あんたにつきあっていたら、身がもたないことはよくわかった。これから、仕事を引き受けるときには、よくよく気をつけるようにするよ」

本当は、知人たちのことは心配だ。身の安全の確保を強調しておきたい。

しかし今は、紀藤の性格がわかっているからこそ、なるべく軽く答える。

本当は、最初の時からこうしておくべきだったのかもしれない。彼らを盾にとることができると思わせてしまったのは、祥悟の失敗だ。

今は冷静さを保てているが、最初に紀藤に呼び出された時は、さすがに混乱しきっていた。

思い返してみれば、すっかり彼の口車に乗せられ、いいように扱われてしまったのだ。

(……こういう手合いは、慎重にいかないとな)

一度、知人たちを利用した脅しが有効だったという前例を、祥悟は作っている。そのことは取り返せないから、ひっくりかえすのは大変そうだ。

でも、今の祥悟は一人じゃない。

だから、こんなに落ち着いている。どうにかなると、思えるのだ。

祥悟は、ちらりと恵鳳を一瞥する。

「なんにしても、俺がこちらに来てから、しばらく経つ。すっかり白大人とは意気投合しているし……。中国人は同胞意識が強いからな。いろいろ同情してくれてさ。なにかあったら、お偉いさんに話とおしてくれるって」

「……ああ」

視線が合った途端、恵鳳は頷《うなず》いた。祥悟と一緒に、一芝居打ってくれる気のようだ。ほっとした。

……一人じゃない。恵鳳がいる。そのことの意味を、噛みしめる。

（さあ、どう出る）

紀藤に視線を移すと、彼は苦虫を噛みつぶしたような表情になっていた。

彼の性格から考えて、祥悟の証言を引き出すという計画が不発に終わった時点で、次の手を考えているはずだ。土壇場に強いタイプではなく、事前の計画を杓子《しゃくし》定規に遂行する性格だということは、オークションの一件でもわかっている。

きっと、今日はこのまま引くに違いない。

短絡的に、知人たちに手を出さないだろうということも、祥悟は計算していた。

恵鳳の裏社会での力が大きければ大きいほど、新宿の外国人たちに手を出しづらくなるだろう。下手に突いて、思いがけないところで落とし穴にはまったりはしたくないに違いない。だから、しばらく彼は動かない。

その間に、恵鳳が動いてしまえばいいのだ。

紀藤は、さすがに悔しげな顔になる。彼のそんな表情を見られたなんて、少しは溜飲《りゅういん》が下がるというものだ。

「今日のところは、帰ったほうがよさそうだな」

紀藤は、とうとう呟いた。

「……またのお越しをお待ちしていますよ」

恵鳳は、優雅な笑みを浮かべる。

にやっと笑いそうになった祥悟だが、恵鳳の隣で神妙な表情を作り、頭を下げたのだった。

主人の客に、そう振る舞うように。

そして、今までのしがらみすべてに、決別するかのように。


紀藤が去ったあと、早速祥悟は今までの経緯を話した。自分の立場、オークションに至るまでの経緯を。

勿論、紀藤が何者で、どういうふうに自分を使ったかということまで。庇い立てしてやる義理はない。

「……なるほど、よくわかった。おまえの知人たちの件に関しては、日本のコネクションを使って手を打っておこう」

恵鳳は、あっさり頷いた。

たいした労力ではない、という様子だ。祥悟が思っている以上に、彼の白家というのは強大な力を持っているらしい。

(俺には見せたことがない、裏の顔があるんだろうな、とんでもない力を持っている)

恵鳳が請け合ってくれたからには、もう安心してもいいのだろうか。

祥悟は、ほっと息をついた。

頼ることに抵抗がないと言えば嘘になるが、背に腹は替えられないという言葉の意味を、祥悟はよく知っていた。目的が明確な時には、それを果たすことが最優先だと祥悟は思っている。手段を選んでいる場合ではない。

遠く離れてはいても、これから会うことはないかもしれないけれども、やはり日本にいる知人たちのことは気がかりだった。自分を頼ってくれた人々を、放り出すのは気が咎める。自分にできるだけのことはしたかった。

「ありがとう」

礼を言うと、恵鳳は目を細める。最近の彼は、よくこういう表情で祥悟を見た。くすぐったさを感じ、少しいたたまれなくなる笑顔だ。

彼は、祥悟へと触れながら囁く。

「……あの警察官には、いずれ返礼させてもらう」

「返礼？　何の」

「おまえに触れた」

恵鳳は眉を顰めると、祥悟の腰を強く抱いた。

「私以外の男に、触らせるな」

珍しく、感情が滲《にじ》んだ言葉。つい、笑いを誘われてしまった。

「独占欲強いな」

軽口まじりに、彼の言葉を引き出すようなことを言っている。祥悟は本来こういう柄ではないのだが、変われば変わるものだと、苦笑いするしかない。

「そういうおまえこそ、いつのまにか、私に全幅の信頼を置いているようじゃないか。あの土壇場で私を巻き込む判断をするとは、いい度胸だ」

恵鳳の逆襲は、強烈だ。祥悟は、思わず絶句する。

紀藤と会話していたときの、祥悟の気持ちはとうにお見通しらしい。

「……っ」

口ごもった祥悟の顎を、恵鳳は摑みあげた。

「なぜ、私を告発しない」

黒い瞳が、祥悟を映す。問いかけるように。あるいは、なにかの願望をこめて。

「……紀藤が嫌いなんだよ」

祥悟は、低い声で言う。

「あんた以上に」

「なるほど」

思わせぶりに頷いた恵鳳は、思いがけないことを言い出した。

「私は、彼が嫌いではないがな」

口唇に息がかかるほどの位置で、恵鳳は笑う。

「ああいうエキセントリックなインテリが、好みなのか？」

毒づいた祥悟に、恵鳳は視線を投げかけてくる。

「悪くない」

「……趣味悪いな」

紀藤と自分は、真逆の人間だ。祥悟は、面白くない気分で呟いた。なぜ面白くないと考えたのか、答えは出ているけれども、あえて目をつぶっておく。

「あの男の出現は、おまえが他の人間とは違うということを……、失望などせずにすむということを、あらためて私に認識させた。嫌えるはずがない」

恵鳳は、いきなり真摯な眼差しになった。

「……えっ」

祥悟は面食らう。

どうしてそんな顔で、祥悟を見つめるのだろうか。居心地悪くなる。照れくさくて、たまらない。

「おまえだけは……変わらない」

恵鳳は、大事そうに祥悟の頰《ほお》に触れてきた。

「この店にふさわしい、唯一の人間だ」

宝物にでも触れるかのような手つきで、彼は何度も祥悟の頰を撫でた。慈しまれているということに、初めて気が付いた。

「恵鳳……」

祥悟は、彼を見つめることしかできなかった。

彼の言葉の意味を、重く受け止める。それもみんな、彼の傍で過ごした日々のおかげかもしれない。

(おまえは、俺に永遠を感じているのか?)

いつかこの店で、恵鳳と話をしたことを思い出す。

前々から、この店に収めてやりたいと言われていた。道具扱いだからこそだと思っていたが……本当は、もっと深い意味があったのだ。

恵鳳は、人間を信じられない男だ。人間は変わりゆくものだと考えている。だからこそ、美術品が与える褪《あ》せない感動を愛していた。

でも、祥悟だけは違うと、彼は感じているようだ。

この世の中にはたくさん人間がいるけれども、恵鳳の中では祥悟だけが特別。変わることがないもの、永遠を、彼は祥悟の中に見いだしている。

彼が祥悟に執着する理由を、ようやく理解した。正直に言えば、買いかぶりだと思う。自分は、そんなにいいものではない、とも。

でも、こんな形で互いを信じたり、理解したりすることができるようになることを、祥悟はずっと望んでいたのだと思う。

ろくでもない生活に落とし込まれたのは確かだが、得られるものはあったのだ。

生き方は選べない。でも、どんな人生だって、捨てたものじゃないと思っている。そして、生きる。それが、祥悟の信念だった。今回も、それを思わぬ形で実証してしまったようだ。

「どうした、祥悟」

「……いや」

祥悟は、小さく頭を振る。

「嬉《うれ》しそうな顔をしている」

恵鳳の声には、笑いが滲んでいた。

「おまえこそ、にやけているぞ」

祥悟は混ぜっ返す。

「頑《かたく》なな男だ」

恵鳳は、いつもよりも柔らかな表情になる。そして、再び口唇を寄せてきた。

「……っ」

「抱くぞ」

祥悟のシャツの前を開けながら、彼は囁きかけてきた。

「店は……っ、まだ営業時間中じゃないか」

勝手な男に抗ってみせるが、難なく押さえこまれてしまう。

「私の店だ。好きにさせてもらう」

「責任感ないのか」

「趣味の領域だからな」

しれっとした表情の恵鳳だが、その眼差しはしっかり時計を見ていた。

午後五時すぎ、もう閉店時間になっていた。もともと高額商品を扱う店なので、来客よりも、外商で相手の家に出向くことが多いらしく、営業時間は長くない。なにも、店を投げだすつもりはないようだ。

（こいつらしい）

そして、自分が好ましく思っているのも、恵鳳のこういう部分だ。

胸の中にある感情を甘い言葉として吐き出すつもりはなかったが、自然な笑みが浮かんだ。

弧を描いた口唇を、恵鳳が掠め取っていく。

「おまえは面白い。いつまで経っても、私に新鮮な驚き……喜びを与えてくれる」

恭しいキスを祥悟に捧げ、恵鳳は店じまいをはじめる。頬に熱を感じつつも、祥悟は彼を手伝った。

その場で、勢いのまま貪られないことで、余計に気恥ずかしくなっていた。

互いを意識しながら、触れもせず、同じ空間にいる。それだけなのに、体を重ねているときより、濃密で甘い空気に辺りが包まれようとしているのは気のせいか。

店を閉めてしまうと、恵鳳は祥悟を伴って外へと出た。祥悟は、黙って彼に従う。

店を出たあと、自分がどうされるのかはわかっていた。しかし、今の祥悟はもう、恵鳳に逆らう気はなかった。

「文句も言わずに、ついてくるようになったのか」

恵鳳は、満足そうな表情で祥悟を振り返った。

まるで思春期の子供のように、彼を意識していることは知られたくない。祥悟は、つとめて静かに答えた。

「……あんたには、紀藤の抑えとして役に立ってもらったしな。たまには、大人しくつきあってやるよ」

「いい傾向だ」

珍しく声を立てて笑った恵鳳は、艶《つや》めいた眼差しを向けてきた。

「だが、いつものように反抗的でも悪くない。今なら私は……」

車のドアが閉じられる音が、恵鳳の言葉の続きをかき消した。だが、「信じられる」と言いやしなかったか？

何を信じるのだろう。祥悟が離れていかないということだろうか。祥悟自身が、恵鳳を選んだということを……？

恵鳳の中で、祥悟はただの奴隷ではない。隷属することに価値がある存在ではなくなったということを感じ取り、祥悟は満足する。

自分たちが対等の位置に立てたということが、心地良い。

（なんか、それだけのことで、今までのことに目をつぶろうとしているなんて、俺も大概人がいいよな）

性奴と所有者として出会った。決して受け入れられず、征服されても心だけは譲らなかった。

愛人にと誘われた時も、冗談じゃないと思った。

しかし、肉欲に耽《ふけ》り、支配され、反抗し、罵り、蔑み、歯や爪を立てた時間が、思いがけない形で結実しようとしている。

面映ゆい気持ちになって、祥悟は視線を下げた。

恵鳳の指先が、体に触れてくる。淫らな手つきに息を殺しながらも、祥悟の欲しい気持ちはかき立てられていく。

「こんな場所で」

運転席には運転手、助手席には秘書兼護衛がいた。他人の存在がある場所で抱かれることには慣れていた。とはいえ、羞恥心がなくなったわけではない。

「何を今更」

「屋敷に戻るまで、待てないのか」

「待てるはずがない」

祥悟の耳朶、頰、首筋を舐めながら、恵鳳は嘯く。

「ここでも、屋敷でも……今日は、ずっと抱き続ける」

「がっついてんな……」

「おまえが、私を喜ばせるのが悪い」

「喜ぶ？　……何がそんなに嬉しいんだよ」

わかっているけれども、聞いてやる。恵鳳が照れてくれるのを期待したが、さすがに、彼にはそこまでの可愛げがなかった。

ふっと小さく笑い、祥悟の腰を強く抱いた彼は、シャツの裾を乱して、中へと手を忍びこませてきた。

「あ……っ」

祥悟は小さく息を漏らした。

肌と肌が直に触れる。腹の辺りを軽く撫でられただけなのに、驚くほど感じた。産毛が総毛立つような感覚だった。

「……く…う…っ」

こんな場所で、と言っておきながら、感じていれば世話はない。それでも祥悟は身をよじろうとするが、恵鳳に難なく押さえつけられてしまう。

「おまえは、私にじゃれるのが好きだな」

愉快そうに言う、その整った顔が小憎らしい。その余裕たっぷりの表情が近づいてくるので、すっと避けようとすると、強引に顎を摑まれ、口唇を奪われた。

「う……っ」

ぬるりと、舌が入りこんでくる。

あたたかな口腔で舌を絡めあう行為は、後孔で性器を受け入れるそれにも似ていた。ぬらぬらと動く舌の好さが、たまらない。

「あ……くぅ、ん…………んんっ」

体の中から、濡れだす。唾液が溢れ、舌が淫らな音を立てた。

(……勃っちまう……っ)

性器の変化に、祥悟は眉を寄せた。

こんなに密着しているから、当然恵鳳も気づいたのだろう。彼の目元が笑みを含んだかと思うと、下半身へと指先が触れてきた。

そろりと撫でられるだけで、あっけなく膝が開く。体が、陥落してしまう。

恵鳳と交わりたがっている自分に気がついて、祥悟はなんとも言えない気分になった。この男に対して、こんな気持ちを持つ日が来るなんて、思いもしていなかったのに……。

「意地を張るおまえが、可愛いと思える」

下半身が、恵鳳の掌に収められた。軽く扱かれるだけで、溢れるものがある。下腹をひくひく痙攣させていると、恵鳳に耳朶を咥えられた。

「……私のものだと、信じられるからだ」

(嬉しそうに笑うなよ……っ)

心の中で罵りながらも、その美声に、心も、体も溶けた。つながることを求める男に、そのまま組み敷かれてしまう。

開かれていく下半身。探られる後孔の疼きは、指で、そして灼熱の肉杭で宥《なだ》められていく。

「……っ、く……っ」

息が濡れている。高い体温、乱れる呼吸を感じ、背中が震えた。イイ。今までした、どんなセックスよりも。

玩具を使われたり、調教めいたことをされた時の過剰な好さなんて、比べものにもならなかった。

白恵鳳。この男自体が、今の祥悟にとっては快楽へと変わりつつある。

その意味を本能的に察し、祥悟はゆっくりと目を閉じていった。

——きっと自分たちは、今日から恋愛をしていく。

あとがき

こんにちは、あさひ木葉《このは》です。新創刊のレーベルさんにお呼ばれしました。ありがとうございます。そして、創刊おめでとうございます！

しかし、おめでとうございますと言いつつ、私の不調やスケジュール調整のミスなどで、関係者の方々にはものすごくご迷惑をおかけしてしまい、本当に申し訳ありませんでした。

ご迷惑をおかけしてしまいましたが、お仕事としては、とても楽しませていただきました。担当さんの拘りを伺うのが楽しかったのです。もし、次の機会があるならば、もっと担当さんのカラーを反映したものを書いてみたいです。本当に、今回は色々すみませんでした。

イラストの音子《おとこ》先生にも、ご迷惑をおかけしてしまいました……。本当に申し訳ありませんでした。しかし、本当に美しいイラストをありがとうございました！　表紙は色っぽい雰囲気という感じで、担当さんに見せていただいた時、小躍りしてしまいました。本当に、ありがとうございました。

内容的には、もはや定番の大陸系マフィアでしたが、楽しんでいただけましたでしょうか？　権力のある男には、いろいろなことがやらせられるので、とても楽しいです（笑）。今回は前半の拘束プレイが、書いていて一番楽しかったです。嫌がる受を調教していくのは、エロ書く時の醍醐味だと思います。心残りはマイブームの片乳首調教がやれなかったことです……。

ではでは、また皆さんにどこかでお会いできますように！

Lovers GREED

黒帝愛人

ラヴァーズ文庫をお買い上げいただきありがとうございます。
この作品を読んでのご意見・ご感想をお聞かせください。
あて先は下記の通りです。

〒102－0072
東京都千代田区飯田橋2-7-3
(株)竹書房　第五編集部
あさひ木葉先生係
音子先生係

2008年5月2日
初版第1刷発行

●著　者
あさひ木葉 ©KONOHA ASAHI
●イラスト
音子 ©OTOKO

●発行者　牧村康正
●発行所　株式会社　竹書房
〒102－0072
東京都千代田区飯田橋2-7-3
電話　03(3264)1576(代表)
　　　03(3234)6245(編集部)
振替　00170-2-179210
●ホームページ
http://www.takeshobo.co.jp

●印刷所　株式会社テンプリント
●本文デザイン　Creative·Sano·Japan

落丁・乱丁の場合は当社にてお取りかえいたします。
定価はカバーに表示してあります。
Printed in Japan

ISBN 978-4-8124-3432-1　C 0193

ラヴァーズ文庫
GREED
Lovers GREED
蠱惑《こわく》の脅迫者《きょうはくしゃ》
男の支配は媚薬のように、
心と体を蝕んでゆく――……。
「お前に潜入捜査を命じる」
警視庁捜査一課に所属する雨宮塔也《あめみやとうや》は、初任務となる捜査を命じられた。
潜入するのは「アポロクラブ」。
その会員制の高級クラブに、ある政治家秘書の死が関係しているらしい。
身分を偽った塔也は、オーナーの東郷《とうごう》に勧められるまま、
媚薬入りのシャンパンを飲み干してしまった。
「刑事だろうと関係ない。ここの男娼になれ」
と、体を火照らす塔也に東郷は言い放った。
何故刑事だとバレたのか。
それに東郷の冷たい目に浮かぶ憎しみは?
塔也は売春組織・アポロクラブに囚われて…。
好評発売中!!
著 本庄《ほんじょう》咲貴《さき》
画 國沢《くにさわ》智《とも》